青くて、溺れる

丸井とまと

KADOKAWA

装画／ダイスケリチャード
装丁／bookwall

目次

プロローグ　005
一章　坂の上の喫茶店　006
二章　消えてしまった居場所　037
三章　それぞれの夢　087
四章　変わりたい一歩　140
五章　溢れ出す言葉　175
六章　さよならの選択　199
エピローグ　232

プロローグ

間違《まちが》えたのは、どこからだろう。
心に澱《おり》が溜《た》まり、溺《おぼ》れていく。

――お願い。誰《だれ》か、助けて。

一章　坂の上の喫茶店《きっさてん》

帰りのホームルームが終わり、教室が一気に騒《さわ》がしくなった。私《わたし》は教科書とノートをカバンにしまおうとして机《つくえ》の中に手を入れる。

その瞬間《しゅんかん》、柔《やわ》らかいなにかが指先に触《ふ》れて、咄嗟《とっさ》に手を引いた。おそるおそる机の中を覗《のぞ》き込《こ》むと、歪《いびつ》な形をした手のひらくらいの大きさの物体を見つけた。不審《ふしん》に思いながらも、指先で摘《つま》んでそっと机の中から取り出す。

「——っ！」

悲鳴を上げそうになる声を飲《の》み込《こ》んで、それを凝視《ぎょうし》した。

教室で下手《へた》に取《と》り乱《みだ》したくない。

激《はげ》しく鼓動《こどう》する心臓《しんぞう》を落ち着かせようと深く息を吸《す》い込《こ》む。けれど手の中にあるそれが見覚えのあるものだと気づいてしまい、膨《ふく》れ上《あ》がった恐怖《きょうふ》が蠕動《ぜんどう》していく。

その物体は、友人が好きだと言っていたうさぎのキャラクターのぬいぐるみで、私が誕《たん》生日《じょうび》にプレゼントしたものだ。けれど今私の手にあるぬいぐるみは、無残《むざん》な姿《すがた》になっている。

片耳《かたみみ》が引き千切られ、腹部《ふくぶ》の生地《きじ》も裂《さ》かれて綿《わた》が飛び出していた。顔は真っ赤なマジックかなにかで塗《ぬ》りつぶされている。変わり果てた姿にショックを受けるよりも先に、ぬいぐるみを切《き》り裂《さ》くという行為《こうい》ができてしまうことに慄然《りつぜん》とした。

「ねえ、駅前のパフェ食べに行かない？」

「えー、また？　先週行ったじゃん」

「私も食べたい！　行こうよー！」

楽しげに放課後の予定を立てる女子三人の声に顔を上げた。

仲がよさそうに笑っている彼女《かのじょ》たちと、手の中にあるぬいぐるみを見比《みくら》べる。

犯人《はんにん》はわかっていた。このぬいぐるみをあげた子はあの中にいて、彼女たちは私を嫌《きら》っている。けれどここまでする必要があるのかと、私はぬいぐるみを握《にぎ》りしめた。

このままでは帰り道で一緒《いっしょ》になってしまう。特に今は彼女たちとの接触《せっしょく》を避《さ》けたい。

こんなことならさっさと帰ればよかった。

そう後悔《こうかい》しながら、私は彼女たちが先に教室を出るのを静かに待つことにした。

「最後の人は電気を消しておいてね」

先生の言葉に元気よく彼女たちが返事をする。最後になりそうだと私が席を立ち上がると、カチッと音がして蛍光灯《けいこうとう》がすべて消えた。

突然《とつぜん》のことに動きを止めた私に、三人の冷ややかな視線《しせん》が突《つ》き刺《さ》さる。私の反応《はんのう》を見て、今度は蔑《さげす》むように笑うと勢《いきお》いよくドアを閉《し》めた。直接《ちょくせつ》向けられた拒絶《きょぜつ》と悪意に、呆《ぼう》然《ぜん》と立《た》ち尽《つ》くす。

——本当ならあの輪の中に私もいたはずだった。

駅前のパフェはオープン前から気になっていて、行こうよと私が三人を誘《さそ》っていたのだ。けれど私だけそこに行くことはない。

あの頃《ころ》はこんなことになるなんて思いもしなかった。手の中のぬいぐるみを見つめながら「酷《ひど》い目に遭《あ》わせてごめんね」と心の中で謝《あやま》る。

引《ひ》き裂《さ》かれて傷《きず》つけられたぬいぐるみは、まるで私の心を表しているみたいで胸《むね》が苦しくなり、目の奥《おく》が熱くなってくる。

こんな場所で泣きたくない。涙《なみだ》を流したら、心がそのまま折れてしまいそうで怖《こわ》い。

喜んでほしくて一生懸命《いっしょうけんめい》選んだプレゼントが、こんな形で返されて、あの頃の気持ちもズタズタに引き裂かれたような思いになる。

目頭《めがしら》から溢《あふ》れ出《だ》しそうな涙を指先で慌《あわ》てて拭《ぬぐ》い、ぬいぐるみをカバンの中にそっとしまった。

私はひとりぼっちの教室から逃《に》げ出《だ》すように、閉《と》ざされていたドアを開けた。

学校の外に出るとアスファルトから立ち上る熱気が肌《はだ》にべたつき、背中《せなか》にじわりと汗《あせ》が滲《にじ》む。暦《こよみ》の上では秋になっているのに、うだるような暑さはなかなか落ち着かない。けれどいつのまにか、夏を象徴《しょうちょう》する蝉《せみ》の鳴き声は聞こえなくなっていた。

私も蝉だったらよかった。そしたら夏が終わると同時に消えていけるのに――。

そんなどうしようもないことを考えて、鼻先で自分を嘲笑《あざわら》った。

日が傾《かたむ》き始め、透《す》き通《とお》るような白藍《しらあい》の空に蜂蜜色《はちみついろ》が浸透《しんとう》していくのが見える。蒸《む》し暑《あつ》くても、だんだんと日は短くなっているみたいだ。

こうしていつのまにか風は熱を失い、苦い記憶《きおく》を宿した夏が終わっていく。季節の移《うつ》り変《か》わりなんてあっというまだ。

止まっていた足を一歩進めると、カバンのキーホルダーがチリンと、か細い音を鳴らした。意識《いしき》がそれに移《うつ》り、再《ふたた》び気分が沈《しず》んでいく。

そういえば、まだつけたままだった。

存在《そんざい》を思い出されたキーホルダーは、私の手によって無造作《むぞうさ》に外される。頭の中に一《いっ》瞬《しゅん》だけ楽しかった頃の思い出が甦《よみがえ》り、眉根《まゆね》を寄《よ》せた。

気軽にお揃《そろ》いの物なんて買うべきではなかった。思い出が形に残るのはいいことばかりではない。こんなことになるのなら、なにも残らないほうがマシだった。

それなのに、思い切って捨《す》てる勇気すらない自分にも呆《あき》れてしまう。

キーホルダーをしまおうとしてカバンを開けると、先ほどの無残な姿のぬいぐるみが視《し》界《かい》に入った。どうしてこんなことをしたのかと彼女たちに聞いたところで、納得《なっとく》のできる答えは返ってこないだろう。キーホルダーを奥底《おくそこ》に押《お》しやって、ため息を漏《も》らす。

目を逸《そ》らしたい出来事から耐《た》える毎日で、最近は楽しいことがなにもない。最後に心の底から笑ったのはいつだったのかも、もう思い出せない。


――消えてしまいたい。


薄暗《うすぐら》い水底に静かに沈んでいくように、誰《だれ》にも気づかれずに姿をなくしてしまいたい。

このまま焼けつくアスファルトに、じわりと焦《こ》がすように溶《と》けてもいい。どんな方法でも構《かま》わないから、この世界から「私」という存在を消してしまいたかった。

気づけば、私は大きな坂の前まで来ていた。

焼けつくような日差しを全身に浴びながら、家とは逆方向《ぎゃくほうこう》にある、普段《ふだん》はまず登ることのない坂に足を踏《ふ》み入《い》れる。

今日はまっすぐ家に帰る気分ではなくて、どこか遠くへ行ってみたかったのだ。

顔の輪郭《りんかく》を撫《な》でるように垂《た》れる汗を、ポケットから出したハンカチで拭う。少し登っただけで、もう息が上がって足が重たくなってきた。高校生になって、あまり全力を出したりはしなくなったから、すっかり運動不足になっている。

基本《きほん》、みんなの口癖《くちぐせ》は〝面倒臭《めんどうくさ》い〟だ。

一生懸命に頑張《がんば》ることはかっこ悪い。そんな決めつけをして、必死になっている人を陰《かげ》で笑っていた。

本当は、心のどこかで自分もなにかに必死になりたかったのに。

そうやって私も周りに合わせて浮《う》かないことを意識して、適当《てきとう》にやり過《す》ごすことを覚えてしまった。

スカートのポケットの中で携帯《けいたい》電話が振動《しんどう》し、心臓が大きく跳《は》ねる。

短い振動はなにかの通知のはずだ。誰かからメッセージが届《とど》いたのかもしれない。不安と恐《おそ》れと期待が入《い》り混《ま》じった気持ちで、ポケットの中の携帯電話を取り出す。

「……っ」

ディスプレイに浮《う》かび上《あ》がっている文字を見て、私は酷く落胆《らくたん》した。

〝アルバムが更新《こうしん》されました〟

その通知に心が締《し》めつけられるように痛《いた》む。彼女たちの誰かから、もう連絡《れんらく》なんて来るはずがないことなんてわかっていたのに、傷つく自分が滑稽《こっけい》だった。

このアルバムのアプリは、まだみんなと仲がよかったときに登録したもので、そのままになっていたみたいだ。

彼女たちが更新するアルバムの中に、もう私はいない。当たり前だった友達の輪は、ちょっとしたことで簡単《かんたん》に壊《こわ》れてしまう。

今のクラスに、私が友達と呼《よ》べる人は一人もいない。

友達がいなくなったことで、私の日常《にちじょう》は瞬《また》く間《ま》に変化した。バイトも部活もしていない私の生活の中心は教室だったため、休み時間も放課後も人と過《す》ごすことがなくなり、初めて孤独《こどく》というものを味わった。しかも、家の中でお母さんや新しいお父さんに抱《いだ》いている疎外感《そがいかん》とは違《ちが》い、向けられる悪意に怯《おび》えて苦しむ日々。

こんな日々はいつまで続くのだろう。耐えていれば、彼女たちはいつか飽《あ》きてくれるのだろうか。

暗澹《あんたん》とした気持ちで坂を登りきると、平坦《へいたん》な道が姿を現《あらわ》す。

胸元《むなもと》まで伸《の》びた黒髪《くろかみ》が、緩《ゆる》やかに風に靡《なび》いてスカートが持ち上がった。けれど他に人の姿はないので、スカートを押さえることもせず、私はただ風を感じながら立《た》ち尽《つ》くした。

心を落ち着かせるように目を閉じる。

坂道を登って体温の上がった身体《からだ》が、少しだけ冷やされて力が抜《ぬ》けていく。――いっそのこと全部投げ出して、このまま楽になりたい……。


――カラン。


微《かす》かな音が聞こえた気がして目を開けると、視界の左側にアンティーク調のお店があった。登りきったときには気づかなかった。

外壁《がいへき》にはレンガが敷《し》きつめられ、ダークブラウンの扉《とびら》には〝ｏｐｅｎ〟と書かれたプレートがかけられている。そのすぐ隣《となり》にブラックボードが出ていて、白いチョークで『飲み物、ご自由にどうぞ』と書いてあった。

どうやらここは喫茶店のようだ。幼《おさな》い頃からこの町に住んでいるけれど、坂の上に来る機会がほとんどなかったため、喫茶店がここにあることを今まで知らなかった。個人経営《こじんけいえい》の小さなお店のように見えるけれど、店名がどこにも見当たらない。

店内の様子が見えないかと眺《なが》めていると、まるで私を迎《むか》えるかのように扉が開いて、

「カラン」と乾《かわ》いたベルの音が鳴った。

突然のことに思わず一歩後退《あとずさ》る。中から現《あらわ》れた人物は私に気づくと、幽霊《ゆうれい》でも見たかのように顔色を青くし、目を大きく見開いたまま口元を引きつらせた。

私はどうしたらいいのかわからず、ただ相手の出方を窺《うかが》いながら、じっと視線を合わせた。

短めの黒髪に、健康的な日に焼けた肌。はっきりとした目鼻立ちと、まっすぐな瞳《ひとみ》からは意志《いし》の強さを感じる。私と同じくらいの年齢《ねんれい》に見えるその少年を、どこかで見たことがあるような気がしたけれど、思い出せない。

白いシャツの上に黒いエプロンをつけた彼《かれ》は、手に箒《ほうき》とちりとりを持っている。どうやらここで働いている人のようだ。

「あんた、名前は」

「え？　名前？」

眉根を寄せて聞き返す。開口一番に名前を聞かれることなんてそうそうない。

店員であれば、お店の前に立っていた人に対してまず『いらっしゃいませ』と言うのが自然なはずだ。それなのに私の方が失礼なことを言っているかのように、彼は不服そうな表情《ひょうじょう》をしている。

「だから、名前。わかんないの？」

何故《なぜ》刺々《とげとげ》しい態度《たいど》をとられているのか理解《りかい》できなかった。すぐに答えなかった私への嫌《いや》味《み》のつもりなのだろうか。どのような理由にせよ、こんな言い方をしてくるのはどうかと思う。

「吉田《よしだ》、です」

困惑《こんわく》しつつも、正直に自分の名前を告げる。多少口元は引きつってしまったけれど、なるべく顔に出さないように心がけた。あまり揉《も》めたくはない。

すると、目の前の男の子は眉間《みけん》にしわを深く刻《きざ》んで、心底嫌《いや》そうに言葉を吐《は》き出《だ》した。

「迷《まよ》ってんなら帰れよ」

言葉を返すよりも先に彼は店内に戻《もど》っていき、乾いたベルの音を鳴らして扉が閉まった。その場に取り残された私は、あまりに驚愕《きょうがく》な出来事に開いた口が塞《ふさ》がらない。

初対面の相手にあんな態度をとられたのは、生まれて初めてだ。

戸惑《とまど》ったものの、すぐに腹立《はらだ》たしさを覚える。自分の言動を思い返してみても、私が彼に対してなにか失礼なことをしたとは思えない。失礼なのはむしろ相手の方だ。

おそらく店員である彼が、お客になるかもしれなかった私に向かってあんな言い方をするのは非常識《ひじょうしき》で、不快感《ふかいかん》がこみ上げてくる。

怒《いか》りがふつふつと湧《わ》き、お弁当箱《べんとうばこ》が入った小さなトートバッグを強く握りしめる。先ほどまで入る気なんてまったくなかったのが嘘《うそ》のように、私は錆《さ》びた丸いドアノブを回して扉を開けた。

乾いたベルの音を響《ひび》かせて店内に足を踏み入れると、そこには橙色《だいだいいろ》の温かな世界が広がっていた。

こじんまりとした店内の天井《てんじょう》には、モザイクガラスでできたトルコランプがたくさんぶら下がっている。ランプの光は、天井や漆喰《しっくい》の壁《かべ》を青や橙《だいだい》、緑などに彩《いろど》り、美しい陰影《いんえい》を生み出していた。まるで万華鏡《まんげきょう》の中に入《はい》り込《こ》んだみたいだ。

異国情緒《いこくじょうちょ》溢れる空間に、思わず感嘆《かんたん》の声を漏らす。

今までこんなにお洒落《しゃれ》な喫茶店になど入ったことがなかった私にとって、ここは幻想的《げんそうてき》な空間で、すっかり見入ってしまった。

ひとしきり眺めたところで、店内の視線が私に集まっていることに気づき、息を飲む。

ダークブラウンのテーブルと椅子《いす》が四セットあり、カウンターには二人の女性《じょせい》が座《すわ》っている。カウンターに囲まれた調理場には、先ほどの男の子と、丸メガネをかけたおじいさんがいた。

「いらっしゃい」

私に優《やさ》しく声をかけてくれた丸メガネのおじいさんは、白いシャツの上に黒のベストを着ている。オレンジ色の液体《えきたい》をグラスに注いでカウンターにいる女性に出していたので、ここの店員みたいだ。

「……来たんだ」

先ほどの男の子が嫌そうに顔を歪《ゆが》ませて私を睨《にら》みつけた。すかさず店員のおじいさんに「こら、そういうことを言ってはいけないよ」と窘《たしな》められている。やっぱり態度が悪い。

「可愛らしいお嬢《じょう》さん、お名前は？」

そう私に聞いてきたのは、カウンター席にいる二十代前半くらいの金髪《きんぱつ》の女の人だった。ホットパンツに胸元がざっくりと開いたTシャツ、といった露出《ろしゅつ》の高い服装《ふくそう》をしているため、目のやり場に少し困《こま》ってしまう。

「……吉田です」

「下の名前は？」

「祥子《しょうこ》です」

私が名前を答えると、女の人はほんのりと赤くなった頬《ほお》に手のひらを重ね、とろんとした目つきで上から下まで舐《な》めるように私を見てきた。

「へえ……そっかぁ。なるほどねぇ」

ふんわりと巻《ま》かれた金色の髪《かみ》は右側に寄せられ、露《あら》わになっている左耳にはゴールドチェーンのピアスが揺《ゆ》れている。先端《せんたん》についた紫色《むらさきいろ》の石がライトに反射《はんしゃ》してキラリと光った。

自分にはない艶《なま》めかしさを感じて、心臓が大きく脈打ち緊張《きんちょう》で手に汗を握る。仕草や視線がとても色っぽくて、同性《どうせい》なのにすごく魅力的《みりょくてき》に映《うつ》った。

「ね、ショーコちゃん。あたしの隣においでよ」

「え？　あの」

「ほら、来なって。ね？」

いきなり下の名前で呼ばれたことにうろたえながらも、催促《さいそく》されたので言われるがまま彼女の隣に座る。

「あたしの飲み物飲むー？」

「えっと」

「てかさ、ショーコちゃん高校生？」

「はい。あの、高二です」

「うわー！　まじか。生女子高生とか久々《ひさびさ》だよ。どっきどきだわ！」

女の人は声を上げて豪快《ごうかい》に笑い、私の肩《かた》に腕《うで》を回してグラスを目の前に置いてきた。

結露《けつろ》しているグラスには、茶色の液体と丸い氷が入っている。

麦茶にしては少し色が濃《こ》いように見えるけれど、ウーロン茶にしては薄《うす》い気がする。丸い氷は橙色のライトの光が差《さ》し込《こ》んで、キラキラと輝《かがや》いて見えた。まるでガラス玉みたいだ。

「こら、ラムちゃん」

「あー……」

横から伸びてきた手によってグラスが取り上げられると、女の人は気の抜けるような声を出した。

「もう！　未成年にお酒を薦《すす》めちゃダメでしょう！」

私の肩に腕を回している女の人、ラムさんを叱《しか》ったのは、彼女の右側の席に座っていた女の人だった。

目の前に置かれた飲み物がお酒だったとは知らず、あのまま飲まされていたらどうなっていたのだろうと少し不安を覚える。もしかすると、ラムさんって人は酔《よ》っ払《ぱら》っているのかもしれない。

「はあ、もー……黒さんは頭が固いなぁ。つっまんなーい」

黒さんと呼ばれた細身の女性は名前の通り、内側に巻かれた短めの黒髪に黒ぶちのメガネ、真っ黒なワンピースを着ている。
傍《そば》には先ほどおじいさんが出したオレンジ色の飲み物が入ったグラスが置いてあり、おそらくそれはオレンジジュースだろうと思った。

「固いとかじゃなくて、常識的《じょうしきてき》にそういうことはダメなの。まったくもう」

「はいはぁい、べっつに本気じゃないっての。あたしだって大人なんだから〜」

「どうだか。……ショーコちゃん、よね？」

ふわりと表情を柔らかくして微笑《ほほえ》んだ黒さんは、穏《おだ》やかな口調で私に話しかけてくれた。ラムさんは色っぽいお姉さんって感じだけれど、黒さんはおおらかで面倒見《めんどうみ》のよさそうなお姉さんという印象だ。

「珈琲《コーヒー》は好きかしら」

「えっと……はい」

私が小さく頷《うなず》くと、黒さんが丸メガネをかけたおじいさんに「マスター、彼女に珈琲を一杯《ぱい》」と頼《たの》んでくれた。マスターと呼ばれた丸メガネのおじいさんは、優しげな笑《え》みを浮かべて頷くとカップを取り出した。

そんなやり取りの間もずっと鋭《するど》い視線が突き刺さるので、おそるおそるそちらを向いてみると、案の定先ほどの男の子が私のことを睨みつけている。

どうやら彼にとって私は気に入らない存在みたいだ。

「なんだよ、皐月《さつき》！　さっきからずっと熱い視線送っちゃって。ショーコちゃんに惚《ほ》れたか？」

「はあ？」

「やっだー！　どきどきしちゃう。青春だねぇ」

どうやら彼の名前は皐月というらしく、ラムさんにからかわれると眉間にしわを寄せて舌打《したう》ちをした。

「うるさいうざい、酒飲みすぎて目ん玉腐《くさ》ったんじゃない」

「うへー、まじで生意気」

彼は私にだけでなく、他の人にも悪態《あくたい》をつくようだった。ラムさんたちが和《なご》ませてくれた柔らかな雰囲気《ふんいき》で私の中の怒りが静《しず》まり、彼に対して言い返したかった文句《もんく》が消えていく。

「この酔っ払い」

「なんだ、このガキ！」

お互《たが》いを罵《ののし》り合っていて会話は決して仲よさそうには聞こえないけれど、嫌っているようにも見えない。このふたりはこういう会話が通常《つうじょう》なのかもしれない。

少しだけ、彼らのような間柄《あいだがら》が羨《うらや》ましい。

私が築《きず》いてきた人間関係は、些細《ささい》なきっかけで簡単に崩《くず》れてしまった。他人とこんな言い合いなんてしたこともなく、いつも心のどこかで周囲の顔色を窺っていた。

仲がよかった頃に買ったお揃いのキーホルダーも、今ではただ私の心を抉《えぐ》るだけのものになっている。彼女たちにとって私は、簡単に切り捨ててもいいような、使い捨てみたいな存在だったのだと痛感《つうかん》した。

「で、ショーコちゃんは〝なにか嫌なこと〟でもあったのかしら？」

「え？」

黒さんはこちらにちらりと視線を向けて、オレンジジュースの入ったグラスをゆっくりと口元へ運んでいる。

まるで見透《みす》かされているみたいだった。私が答えに困っていることに気づいた黒さんが、目を細めて小さく微笑む。

「ショーコちゃん、ずっと苦しそうな表情をしていたから。なにかあったのかなって思ったの」

「……そんな顔、してましたか」

「うん、なんかもう消えちゃいたいー！　って顔をしていたわよ」

指摘《してき》されたことに目を丸くして、頬に手を添《そ》える。自分ではそんなつもりなかったけれど、感情《かんじょう》がわかりやすく出てしまっていたみたいだ。

なにを考えているのかわからないと言われたことはあったけど、こんな風に考えていることを言い当てられたのは初めてだった。

「否定《ひてい》しないんだ？」

ラムさんが少し意地悪な表情で片方《かたほう》の口角をつり上げる。

「本当に消えちゃいたかった？」

「そう、ですね。……そんなようなことを考えていたので」

「ふぅん」

特に否定する理由が思《おも》い浮《う》かばない。思っていたことは本当で、別に今日会っただけのこの人たちの前で嘘を吐《つ》く必要性も感じない。けれど、大人にとっては私の悩みなんて、きっとちっぽけなことに見えるだろう。

「とりあえずさ、敬語禁止《けいごきんし》！」

「へ？」

なんの脈絡《みゃくらく》もなく敬語禁止を言い渡され、私は間の抜けた声を漏らしてしまった。

「ここにはさ、んなもん必要ないんだよ」

ラムさんの黒い瞳にライトの橙色が差し込み、揺らめいて見えた。それが吸い込まれそうなほど美しく、自身の考えをしっかりと持っている意志の強さを感じて、私は見惚《みほ》れてしまう。

「捨てちまいな」

「え……」

「窮屈《きゅうくつ》な檻《おり》に閉じこもっていたら息苦しいままだよ。思いっきり息吸《す》って、楽をしようよ。そんでー、美味《うま》い酒呑《の》めばハッピーになれるってぇ！」

とびっきりの明るい声と笑顔《えがお》でラムさんが笑い出すと、ラムさんの隣にいる黒さんとグラスを拭《ふ》いていた皐月くんが大きなため息を吐いた。

「大事なのは笑顔でいることと、ハッピーでいることだー！　いえーい」

「ラムちゃん、零《こぼ》れるからグラス置いて！」

「あ、ちょっとー！　黒さん強引《ごういん》なんだけど！」

両手を上げて楽しそうにバンザイしているラムさんは、テレビとかで見るような酔っ払いそのものだった。まだ日も落ちていないのに、お酒を飲んで酔っ払っているラムさんは普段どんなことをしている人なのだろう。

「ショーコちゃん」

不意に、まるで慈《いつく》しむように、大事に名前を呼ばれた気がした。

優しく包《つつ》み込《こ》む声音《こわね》に吸《す》い寄《よ》せられるように私を呼んだ人物を見ると、メガネ越《ご》しに相手と視線が合った。

「理由？」

「消えたいと思うなら、消えたくない理由をつくればいい」

「そう」

丸メガネのおじいさん——マスターが、目尻《めじり》にしわを寄せ、にっこりと微笑んで私の前にカップを置いてくれた。

「たとえば、珈琲を飲みたい……とかね」

カップの中に入った濃褐色《のうかっしょく》の液体から、ゆらりと湯気が立ち上る。ほんのりと焦げたような、ほろ苦い匂《にお》いがした。

「え、あの、これ」

「どうぞ」

「……いただきます」

鼻を少し近づけて、香《かお》りを肺《はい》いっぱいに吸い込むと肩の力が抜けていく。こんな風に意識して珈琲の匂いを嗅《か》いだのは久《ひさ》しぶりだ。

すぐ傍に白いミルクポットとガラス瓶《びん》に入った角砂糖《かくざとう》が置かれる。ミルクポットに触れると、人肌《ひとはだ》くらいに温められていた。甘《あま》い珈琲は苦手なので、角砂糖は入れずにミルクをほんの少しだけ垂らす。

濃褐色の液体の中に白が渦巻《うずま》いていく。完全に混《ま》ざり合《あ》うのを待たず、私は珈琲に口をつけた。

「……美味《おい》しい」

「これじゃあ、理由になんてならないかな？」

そんなことない、と私は首を横に振《ふ》った。

珈琲はマスターの笑顔みたいに温かくて、心が落ち着く優しい味がする。学校帰りによく寄っていたファミレスやファストフードの珈琲とはまったく違う。チョコレートのように風味が濃厚《のうこう》でまろやかで、少しずつ混《ま》ざっていく柔らかなミルクが、ほろ苦さを和《やわ》らげていくようだ。体の奥にじんわりと染《し》みわたるその味わいに、自然と口元が綻《ほころ》んだ。

「なんだ。笑えるじゃん」

「え？」

「ずっと暗い顔してたから笑えないのかと思った」

振《ふ》り向《む》くと、いつのまにか私の隣には皐月くんが立っていた。先ほどの冷たい態度のこともあり、つい身構《みがま》えてしまう。どう返事をしたらいいか迷っていると、ラムさんが興奮《こうふん》気味に大きな声を上げた。

「〝ショーコは笑った顔の方が可愛《かわい》いよ〟だって！　やだもう、皐月ったら熱いねぇ」

「言ってない。ラムさん、耳もおかしいんじゃないの？　酒の飲みすぎ」

「そんなんじゃモテないぞー！　どうせショーコにも、店の前でキツイこと言ったんじゃないのー？」

「それは……」

「ほら、やっぱりねー」

まるで子どもの口喧嘩《くちげんか》みたいだ。私に対して冷たい態度で素《そ》っ気《け》なかった皐月くんは、ラムさんの前では表情を崩してムキになって話している。それは仲がよくて気を許《ゆる》している存在だからこそだろう。

「ごめんね、ショーコちゃん」

「え？」

「いつもこんな感じなの。うるさいでしょう？」

手を合わせて謝ってくる黒さんに、私は首を横に振った。

「そんなこと……ない、よ」

敬語を抜いたぎこちない言葉使いに、黒さんはなにも言わずに微笑んでくれた。

うるさいというよりも、賑《にぎ》やかで眩《まぶ》しく感じる。自分が彼らとはまったく違う世界の人間に思えて、この場にいることに違和感《いわかん》を覚えた。

「皐月はその口の悪さを直さないと彼女の一人もできないよ！　あたしが高校生のときはねぇ」

「はいはい、それ聞き飽きた」

「最後まで聞け！」

「うるさいうざい静かにして」

皐月くんとラムさんの関係を羨ましく思いながら眺めていると、波立っていた感情が凪《な》いでいることに気づいた。

家や学校とは違って、ここには私を知る人がいない。気を張《は》らなくてもいいから、心が休まるのかもしれない。

「もー、二人ともそのへんにしておきなさい。ショーコちゃんに笑われているわよ」

特に会話に混ざっているわけではない。だけど、この場所にいるだけで気持ちが落ち着く。心地《ここち》がいい。ここには学校で痛いくらい感じる彼女たちの視線もない。

こんな風に笑うのなんて……いつぶりだろう。

ラムさんが私の頭をまるで壊《こわ》れ物《もの》にでも触れるようにそっと撫でてくれた。

小さな声で「大丈夫《だいじょうぶ》だね」と呟《つぶや》くのが聞こえて顔を向けると、どこか憂《うれ》いのある表情で微笑むラムさんと、近くにいる皐月くんの姿が視界に入る。何故か皐月くんは複雑《ふくざつ》そうに眉《まゆ》を下げていた。

掛《か》け時計《どけい》から木琴《もっきん》の音で奏《かな》でたような軽快《けいかい》で可愛らしいメロディが鳴る。慌てて時間を確認《かくにん》すると、ちょうど十八時になったところだった。

「あの、私そろそろ帰らないと。珈琲の値段《ねだん》って……」

名残惜《なごりお》しいけれど、立ち上がってカバンからお財布《さいふ》を取り出す。喫茶店の珈琲っていくらくらいなのだろうか。そういえば、メニュー表を一切《いっさい》見ていなかった。

「お代はいらないよ」

「え、でもっ」

さすがにそれは申《もう》し訳《わけ》ないとうろたえる。そんな私に、マスターがゆっくりと首を横に振って朗《ほが》らかな笑顔を向けてくれた。

「来てくれてありがとう。今日はとっても楽しかったよ」

本当に払《はら》わなくていいのか迷ったけれど、ラムさんと黒さんも「マスターがいいって言っているんだからいいんだよ」と言ってくれたので、素直《すなお》に甘えさせてもらうことにした。

「ショーコちゃん。また来たくなったら、いつでも来てね」

黒さんが優しく微笑みかけてくれた。

「あたしはどっちだっていいよ。来たきゃ来な。来たくなきゃ来なければいい。だってこういうのは〝自己責任《じこせきにん》〟ってやつだろう」

ラムさんの言った〝自己責任〟という言葉が、私の胸《むね》の奥《おく》にすっと入ってきた。流されるわけじゃなく、自分でまたここに来るのか決めろということだ。

もうなんだっていいと投げやりだった私にとって、自分で考えて選ぶという行為は、とても尊《とうと》いことのように思えた。たとえ、それが喫茶店に行くか行かないかという、人によってはただそれだけのことで？　と笑ってしまうくらいのことだとしても。

自分の意思でなにかを決めるということは、尊い。

「ありがとう。ごちそうさま！　あの……美味しかった、すごく」

お礼を告げるとマスターが唇《くちびる》をぐっと上げて、嬉《うれ》しそうな笑みで頷いてくれた。

「こちらこそ、ありがとう」

ここはなんて優しい空間なのだろう。初めて来たのに、もうこの喫茶店が好きになってしまっている。こんな風に誰かと話すのがすごく久々だったからかもしれない。

乾いたベルの音を鳴らしてドアを開けると、夕焼け空が広がっていた。外に足を踏《ふ》み出《だ》せば、昼間よりも少し冷たい風が前髪《まえがみ》を攫《さら》った。咄嗟に手で押さえて、前髪を元の位置に戻す。すると、カランと背後《はいご》で音が鳴った。

「待って」

かけられた声に応《こた》えるように振《ふ》り返《かえ》る。ドアの前には皐月くんが立っていた。そしてなにか言いたげに口を開きかけては、閉じてしまう。

「……」

「どうしたの？」

声をかけたはずの皐月くんが、黙《だま》ってじっと私を見つめているから、妙《みょう》に緊張してきた。もしかしてまた文句を言われるのだろうか。

「さっきは、ごめん」

「え？」

「店の前で」

迷っているなら帰れと言ったことに対して、謝罪《しゃざい》してくれているみたいだ。

「自分だけが辛《つら》いわけじゃないのにな」

それは、消えそうなくらいに小さな声だった。

「ここには来ても来なくてもいい。……でも」

皐月くんの黒髪の隙間《すきま》から見えるまっすぐな瞳。それがガラス玉のように澄《す》んでいて、綺麗《きれい》だ、とぼんやり思った。私は彼を見つめたまま言葉の続きを待つ。

「苦しくなったら、また来ればいい」

「え……」

「きっとあの人たちは、あんたの話をなんだって聞いてくれるから」

皐月くんがこんなことを言ってくれるのは、意外な気がした。出会ったばかりで彼がどんな人なのか全然知らないけれど、また来ればいいと言ってもらえるとはさすがに思わなかった。だから、言葉に詰《つ》まってしまう。

「そういう人たちがここにいるってこと、忘《わす》れないで」

「私に来てほしくないんじゃなかったの？」

皐月くんが目を伏《ふ》せて、それはごめんと謝った。責《せ》めたつもりはなかったけれど、その様子が少し辛そうで、聞くべきことではなかったかもしれないと後悔した。

「さっき、楽しそうに笑ってたから。来るなって言ったの、間違《まちが》えたって思った」

「じゃあ、また来てもいい？」

嫌われているのかと思ったけれど、そういうわけではなかったのかもしれない。

皐月くんは、頷いて返してくれる。

「あんたが、来たいって思うなら」

「うん。ありがとう」

皐月くんにそう言ってもらえて安堵《あんど》した。またこの場所に来よう。そして、あの珈琲を飲むのだ。そう考えるだけで、ほんの少しだけ心が軽くなる。

「だから……なよ」

「え？　なに？」

強い風が吹《ふ》き、皐月くんの言葉がよく聞こえなかった。

「じゃあ、さよなら。気をつけて帰れよ」

「え、ちょ……」

あっさりと別れを告げて皐月くんが喫茶店の中に入っていく。彼がなにを言ったのかはわからない。けれど聞き返してもなにも言わなかったということは、そこまで重要なことではなかったのかもしれない。

取り残された私は、学校での憂鬱《ゆううつ》な気持ちなんて吹《ふ》き飛《と》んでしまったかのように心が穏やかになっていた。

大きな坂を今度はゆっくりと下る。帰りは高い位置から見渡《みわた》すように人や景色にも目を向けた。

自転車を引きながら息を切らして坂を登っていく女の人は買い物帰りなのだろう。自転車カゴの中のビニール袋《ぶくろ》は、はち切れそうなくらい中身が入っている。

前方から歩いてくる男子中学生は、私が卒業した学校と同じ制服《せいふく》を着ていた。モスグリーンのチェック柄《がら》の制服は、高校生になった今だと少し幼く感じられる。

男子中学生とすれ違《ちが》った瞬間、途《と》切《ぎ》れ途《と》切《ぎ》れに電子音が聴《き》こえてきた。ヘッドフォンから音が漏れているのに気づいていないみたいだ。

現実逃避《げんじつとうひ》をしたくて訪《おとず》れたこの場所は、誰かにとっての日常なのだ。

これまでずっと、私の日常は窮屈で息苦しいと思っていた。けれど、道を変えてみたら違う日常が存在している。そう考えると、行きよりも足取りが軽くなった気がした。

◆

家に帰れば、先ほどまでの温かな気持ちが少しずつ温度をなくしていく。

お母さんもお父さんも幸せそうに笑っているけれど、私は会話に入れずその背中を少し離《はな》れた場所から眺めていた。

大きなお腹《なか》をさすりながら名前はなににするかと楽しそうに話しているお母さん。今のお父さんと再婚《さいこん》して、初めて授《さず》かった命はお腹の中ですくすくと育っている。

その子が生まれたら、私はこの家にとって邪魔《じゃま》になるかもしれない。今のお父さんにとって、私は血の繋《つな》がらない別の人との子どもだ。

今のお父さんが優しい人だということはわかっている。私のことを、嫌っていないのも話していて伝わってくる。けれど、話すときはどこかぎこちなくて、うまく会話が続かないのだ。再婚してからは、お母さんも私に気を遣《つか》っているように感じる。

実際《じっさい》、私がいないときの方が二人は楽しげに声を上げて笑っていた。

私がいるときは、そんな風に笑ったりしないのに。

既《すで》に邪魔モノなのかもしれないと思うと、話しかけられてもうまく笑えなくなってしまう。

家にいると時々なにかが胸に突き刺さり、どろりと苦くて冷たい感情が溢れてきそうになる。きっとこれは、学校の件《けん》とは違ったまた別の感情だ。

逃《に》げるように階段《かいだん》を上がり、自分の部屋に駆《か》け込《こ》む。そうして、足りていなかった酸素《さんそ》を思いっきり吸い込んだ。

胸に手を当てながら自発的に吸って吐いてを繰《く》り返《かえ》すと、ようやく呼吸《こきゅう》ができた気がした。

そういえばあの喫茶店では息苦しさを感じなかった。どうしてだろう。いきなり皐月くんに、迷っているなら帰れと言われたときは腹《はら》が立ったけれど、あのあとは嫌な気持ちにならなかった。

むしろ、もっと喫茶店の人たちと話してみたかった。たどり着いたのは偶然《ぐうぜん》だったけど、行ってよかった。久しぶりに誰かと過ごして楽しいと思えて、自然と笑っていた。

ベッドに寝転《ねころ》がり、大の字になって天井を見つめる。うとうとしてきたけれど、まだ眠《ねむ》りたくない。お風呂《ふろ》のことや明日の準備《じゅんび》などやらなくてはいけないことが脳裏《のうり》を去来する。けれどそれよりも、ただ単純《たんじゅん》に朝になってほしくない。この温かい気持ちのままずっといたい。

そしたら、あの息の詰まる場所に行かなくて済《す》むのだから。

二章　消えてしまった居場所《いばしょ》

毎朝、カーテンに透《す》ける日の光を感じるたびに、鬱屈《うっくつ》として長嘆《ちょうたん》する。

朝を拒《こば》むように布団《ふとん》に潜《もぐ》り、真《ま》っ暗闇《くらやみ》の中で携帯《けいたい》電話に触《ふ》れる。ディスプレイに浮《う》かぶ時刻《じこく》を受け入れたくなくて、隠《かく》すように画面を消した。

ぎゅっと目を瞑《つぶ》っていると、とうとう起床《きしょう》を告げるアラームが鳴《な》り響《ひび》いた。

気分がすぐれないままベッドから緩慢《かんまん》な動作で起き上がり、顔を洗《あら》ってから制服《せいふく》に身を包む。鏡に映《うつ》った自分の表情《ひょうじょう》があまりにも暗く、無理やり口角を押《お》し上《あ》げてみせる。せめて家の中だけでも明るい表情でいたい。けれど、どう頑張《がんば》っても不自然な表情にしかならなかった。

リビングで朝食を食べながら、インスタントの珈琲《コーヒー》を飲む。お湯に溶《と》かして飲むインスタントと、挽《ひ》いたコーヒー豆に熱湯をドリップする飲み方では味の濃厚《のうこう》さが違《ちが》う。温かな湯気が立ち上り、鼻腔《びこう》をくすぐるほろ苦く芳《かんば》しい匂《にお》い。その香《かお》りによって呼《よ》び起《お》こされるのはあの場所での出来事。

――消えたいと思うなら、消えたくない理由をつくればいい。たとえば、珈琲を飲みたい……とかね。

マスターが言っていたことは案外当たっているかもしれない。

それに、皐月《さつき》くんがくれた「苦しくなったら、また来ればいい」という言葉も私《わたし》の背中《せなか》を押《お》してくれる。自然と口元が緩《ゆる》んだ。

またあの場所に珈琲を飲みに行こう。

ただの逃《に》げかもしれない。立ち向かう勇気がないだけかもしれない。けれど、逃《に》げ場《ば》がない状況《じょうきょう》よりも、逃げてもいい場所があると思うと、少しだけ心が軽くなった。

「祥子《しょうこ》、お弁当《べんとう》忘《わす》れないようにね」

「……うん」

テーブルの下で手をぎゅっと握《にぎ》りしめて、口角を上げることを意識《いしき》しながら頷《うなず》いてみせる。私の返答に微笑《ほほえ》んだお母さんは、お腹《なか》をさすりながらソファに座《すわ》った。私は握りしめた手をほどいて、そっと口元に触れる。

私は今、うまく笑えていただろうか。

お母さんに学校のことは一切《いっさい》話していないので、私が今行きにくいことも知らないはずだ。

「ぁ……っ」

あのね、お母さん。私……学校行きたくないんだ。

言えるはずもない言葉が、喉元《のどもと》に絡《から》みつく。伝えたとしても困《こま》らせるだけだ。負担《ふたん》もかけたくない。

『祥子は本当にいい子ね』

小学生の頃《ころ》にお母さんに褒《ほ》められた言葉がずっと心の中に棲《す》みついている。

お母さんの前では、いい子でいたい。本当の私を知られて、お母さんの笑顔《えがお》を曇《くも》らせたくない。

隣《となり》に置かれたお弁当を小さいトートバッグの中にしまい、珈琲を飲《の》み干《ほ》す。

そうしてまた、憂鬱《ゆううつ》な一日が始まっていく。

◆

ローファーを履《は》いて、家を出るのが憂鬱。家から高校までの徒歩十五分の距離《きょり》が憂鬱。

その間に人と会うのが憂鬱。たくさんの声が聞こえてくるのが憂鬱。目の前を歩く女子高生たちが楽しそうなのが憂鬱。

私の世界はあらゆる憂鬱から成り立っているのではないかというくらい些細《ささい》なことがすべて憂鬱だった。学校がまったく楽しくなくて、居心地《いごこち》が悪い。胃がチクチクと針《はり》にでも刺《さ》されているかのようにだんだん痛《いた》くなってきた。

のんびりと歩いたところで、学校との距離は縮《ちぢ》まるだけだ。かといって遅刻《ちこく》するわけにもいかない。

いっそのこと休んでしまえば楽になれるのだろうか。

そう考えて、目を伏《ふ》せた。足が竦《すく》んで現状《げんじょう》から逃《に》げ出《だ》すことすらできない私に、休む勇気はない。それに一度休んでしまえば、学校へ行くことが今以上に怖《こわ》くなるだろうし、自分の状況を両親に知られてしまうはずだ。

惨《みじ》めで情《なさ》けない私を隠すために、仄暗《ほのぐら》い感情《かんじょう》に心が支配《しはい》されても、学校に行く以外の選択肢《せんたくし》が自分の中にはなかった。重たい足を必死に動かさなければ、私の心も、家でなんとか保《たも》っている日常《にちじょう》も壊《こわ》れてしまう。これ以上自分の世界が変わっていくのは耐《た》えきれない。

嫌々《いやいや》たどり着いた学校には、同じ制服を身に纏《まと》った生徒たちの姿《すがた》。みんな吸《す》い込《こ》まれるように校舎《こうしゃ》を目指して歩いている。もう彼女《かのじょ》たちも来ているかもしれない。そう思うと胃に不快感《ふかいかん》がこみ上げてくる。

爪《つめ》が食《く》い込《こ》むくらい手を握りしめて、しっかりと目を開けて校門をくぐる。昇降口《しょうこうぐち》を通《とお》り抜《ぬ》け、靴《くつ》を履《は》き替《か》えていると後ろから声をかけられた。

「あ……おはよ、祥子ちゃん」

「……おはよう」

振《ふ》り向《む》けば、胸元《むなもと》まで伸《の》びたふわふわな薄茶色《うすちゃいろ》の髪《かみ》の女子生徒。一言だけ交《か》わすと、いけないことでもしているかのように周りの目を気にしながら足早に去っていく。

彼女は、あのグループで唯一《ゆいいつ》私に話しかけてくれる子だ。けれど、挨拶《あいさつ》以外の会話はこ二ヶ月くらい交わしていない。

いじめが始まったのは、七月の期末テスト明けからだった。すぐに夏休みがあったので少し救われたように感じていたけれど、一人で自室に引きこもるだけの日々は孤独《こどく》で、一日が終わっていくことが怖くてたまらなかった。

それでも逃げ出す勇気もなくて、歯を食いしばるようにして迎《むか》えた九月の新学期。覚悟《かくご》していたけれど、その日は何もなかったことに安堵《あんど》した。でも帰《かえ》り際《ぎわ》、誕生日《たんじょうび》プレゼントとしてあげたぬいぐるみが無残にも引《ひ》き裂《さ》かれていた。私を見下して笑う彼女たち。その光景に心が抉《えぐ》られるような思いになった。

私たちの関係が今のようになった原因《げんいん》はわかっている。

――理由は、〝裏掲示板《うらけいじばん》〟。

この高校には、生徒だけが知っている裏掲示板というものがある。何年も前に中高生の間で流行《はや》っていたもので、近頃《ちかごろ》では廃《すた》れた文化だと言われているらしい。けれどうちの学校ではいまだに多くの生徒たちがこの掲示板を利用している。誰《だれ》でも好きにスレッドを作れて、匿名《とくめい》で書《か》き込《こ》める。特定の誰かの悪口を書き込んで同調を得たいという人や、直《ちょく》接《せつ》は言えない鬱憤《うつぷん》を晴らしている人もいるのだろう。裏掲示板は、悪口や学年ごとの噂《うわさ》話《ばなし》、先生たちへの不満などを好き勝手に吐《は》き出《だ》している学校の闇を切り取ったような場所だ。

七月、私の日常が一気に変わってしまったのは、裏掲示板に書かれた内容《ないよう》が原因だった。誤解《ごかい》だと言っても話を聞いてもらえず、仲のよかった友達グループからは仲間はずれにされ、一部の男子からはこそこそと陰口《かげぐち》を叩かれている。

私は正直、自分がもっと強い人間だと思っていた。けれど話し相手がいないというのは、想像《そうぞう》以上に精神的《せいしんてき》に脆《もろ》くなるものだった。

言いたいことがたくさんある。それなのに、聞いてくれる人も信じてくれる人もいない。様々な出来事や感情を誰とも共有できないのは、話すことを許《ゆる》されていないように思えて心が壊死《えし》していく。

言葉は、ずっと使わないで心に留《とど》めておくと腐《くさ》っていくものだ。腐敗《ふはい》して、最終的にどろどろになって、毒として溜《た》まっていく。

そうして溜まり続けると、毒素《どくそ》が身体《からだ》中に回って窒息《ちっそく》してしまいそうになる。それなのに死ねない。ずっとその窒息しそうな苦しみだけが、続いていくのだ。

南階段《かいだん》を三階まで上がって正面にある二年三組の教室。廊下《ろうか》で談笑《だんしょう》している女子生徒や、肩《かた》を組んではしゃいでいる男子生徒たちの間をすり抜《ぬ》けて、中へと足を踏《ふ》み入《い》れる。

廊下側の前の方に固まっている三人組から、不躾《ぶしつけ》な視線《しせん》が向けられていることに息が詰《つ》まりそうになった。けれど、ここはぐっと堪《こら》えなければいけない。私が反応《はんのう》しているのを見れば、彼女たちは喜ぶだけだ。

幸い私の席は窓側《まどがわ》の一番後ろ。こればっかりは自分の運に感謝《かんしゃ》したい。

席に着き、カバンから小説を取り出す。今まで友達と談笑して過《す》ごしていた時間がなくなると、まるで世界がスローモーションで動いているのではないかと思うくらい時間の経《けい》過《か》が遅《おそ》く感じられた。

だからせめて好きな作家の小説を家から持ってきて、空いている時間に読むことを日課にしていた。読みかけのページを開くと、「いじめ」という言葉が目に留まり、胃のあたりがぎゅっと摑《つか》まれたように苦しくなる。

――きっと、私が彼女にしていたこともいじめと変わらないのだろう。

五月頃《ごろ》から、クラスの女子がいじめに遭《あ》うようになった。直接私がなにかをしていたわけではないけれど、私もそれを止めようとはしなかった。いじめられている様子をなにも言わずに眺《なが》めながら、周りに合わせて笑顔をつくっていたのだ。

だから、私は同じグループだったあの子が、誰も見ていないときだけ挨拶をしてくる行《こう》為《い》を責《せ》めることはできない。あの子もきっと、私と同じ目に遭いたくないから周りに合わせているのだから。

学校という閉鎖《へいさ》された場所で、間違《まちが》ったことを間違っていると言える人はどのくらいいるのだろう。人に合わせずに、自分の思いのまま過ごせる人なんて本当にいるのだろうか。

そもそも間違ったことを〝間違っている〟と言うことが正しいとは限《かぎ》らない。時には人に合わせて流された方がうまくいくことだってある。

そうやって臆病《おくびょう》な私は、自分を正当化して逃げていただけだった。

隣の空席に目線を移《うつ》す。隣の席の彼女は決して愛想《あいそ》がないわけでも態度《たいど》が悪いわけでもなかった。

色素《しきそ》の薄《うす》い大きな目に小ぶりな鼻で、笑うと愛嬌《あいきょう》のある笑窪《えくぼ》が見える女の子。多くの女子が羨《うらや》む容姿《ようし》だった。一年生の頃は告白ラッシュなんかもあったくらい男子にも人気で、明るい性格《せいかく》で人を惹《ひ》きつける彼女には友達も多かった。けれど、今年の春頃からそんな彼女へのいじめが始まった。

原因は、私と同じグループの子が「好きな人がいるから協力してほしい」と彼女に言ったことだった。

彼女――大塚《おおつか》さんはその男子と仲がよかったので、仲を取り持ってくれるようお願いされていたのだ。

『連絡先《れんらくさき》聞いてきて』

『一緒《いっしょ》に遊ぶ計画立ててよ』

『どういう子がタイプなのか聞き出して』

自分の希望だけ言って、一方的に詰《つ》め寄《よ》るその子は、強気な眼差《まなざ》しで大塚さんに〝命令〟をしているようだった。けれど大塚さんは、『私はそういうのはできない。連絡先は自分で聞いた方がいいよ』と答えた。

非協力的な態度に腹《はら》を立てたその子は、陰で大塚さんのことを悪く言い始めた。それでも大塚さんは屈《くっ》することはなく、協力もしなかった。そしていつしかあの裏掲示板に、毒を孕《はら》んだ言葉が、日々書き込まれるようになったのである。

『大塚って調子乗ってない？』

『わかる。てか、男好き。いつも違う男と歩いてるし』

『自分の周りの男を奪《うば》われたくないから、遊ぶときも女子誘《さそ》わないらしいよ』

『中学の頃から、友達の好きな人を奪ってたらしいから気をつけて！』

『自分かわいーって絶対《ぜったい》思ってるよねぇ』


そんな風にあることないこと書かれて、女子だけの体育の授業《じゅぎょう》では一方的に狙《ねら》われてボールを当てられたり、無視《むし》されたりしていた。

後にわかったのは、その男子は大塚さんの友達のことが好きだったらしいということ。

そして、その男子が告白をして、彼《かれ》と大塚さんの友達の恋《こい》は成就《じょうじゅ》した。

だけど失恋《しつれん》したクラスメイトの女子の怒《いか》りは、その反動でさらに大塚さんに集中してしまう。

絶対《ぜったい》知ってて馬鹿《ばか》にして笑っていたんだ、と決めつけ、大塚さんを追《お》い込《こ》んでいった。

物を隠したり、壊したり、すれ違《ちが》いざまに悪口を言うのは当たり前。体育のときにわざと水をかけられて、ずぶ濡《ぬ》れになっていたときもあった。どう見てもいじめだった。

大塚さんが男子に人気があることや、サッカー部のマネージャーをやっていたので先輩《せんぱい》たちと親しいことも気に食わなかったのだろう。憂《う》さを晴らすように〝男子に見えないところ〟で大塚さんをいじめた。

大塚さんは特に悪いことはしていない。きっと大塚さんは仲のいい男子のことや、友達のことを考えて、なにも言わなかったのだろう。

でも、そんな大塚さんを誰も庇《かば》わなかった。頭から水をかぶりずぶ濡れになっていても、彼女に声をかけている人を見かけなかった。

しかも、恋が成就した友達でさえ、大塚さんから距離をとり始めたのだ。自分がいじめられたくないから、見て見ぬふりをしていたようだった。

そして私も〝ただ見ていた〟。クラスメイトとして、ただ黙視《もくし》していただけ。

助けるわけでもなく、手を差《さ》し伸《の》べるでもない。怒りをぶつける〝友人〟をただ隣で見ているだけだった。

まるで自分たちがしていることが正義《せいぎ》で、大塚さんが悪だというような空気が私たちの間に蔓延《はびこ》る。そんなことやめなよと友人を窘《たしな》める言葉を発する機会はいくらでもあったのに、私は言えなかった。彼女の正義を否定《ひてい》すれば、今度は私が悪にされるかもしれない。

そのことを恐《おそ》れて、私は口を噤《つぐ》んで周りに流されることを選んでしまったのだ。

最低なことをした私に、助けを求める資格《しかく》なんてない――。

空いていた隣の席が埋《う》まる。ちらりと横目で確認《かくにん》すると、大塚さんが眠《ねむ》たそうに頬杖《ほおづえ》をついていた。

彼女は私なんかよりもずっと強かった。泣いているところを見たことがないし、誰かに助けを求めている姿も見たことがない。

小柄《こがら》でくりっとした大きな目が特徴的《とくちょうてき》だからか、同年代の子よりも幼《おさな》く見える大塚さんからは、折れない強さがあるようには見えない。すぐに泣いて、ぼろぼろに崩《くず》れ落《お》ちてしまいそうに見えるのに。

私は目を閉《と》じて、四月頃のことを思い出す。

日直の子が黒板を消していなかったことに気づいて、本鈴《ほんれい》直前に慌《あわ》てて消し始めた。明らかに一人でやっていたら先生が来てしまうほどの文字の量。誰も手を貸《か》そうとはしない中で、真っ先に立ち上がり手伝ったのは大塚さんだった。

面倒《めんどう》だからと見て見ぬふりをする人たちばかりの中で、彼女だけはいつも違っていた。困っている人がいたら躊躇《ためら》わずに手を差し伸べる。同じクラスになり大塚さんのことを知ってから、彼女は私の憧《あこが》れになっていた。きっかけがなくてなかなか話しかけられないけれど、話してみたい、仲よくなりたい、と密《ひそ》かに思っていたのだ。

それなのに私は己《おのれ》の保身《ほしん》を選んだ。醜《みにく》くて最低な自分に嫌気《いやけ》が差す。

——呼吸《こきゅう》がうまくできなくなって、鼻から空気を吸い込み、肺《はい》に落としていく。そして、ゆっくりと吐き出した。落ち着かせようとするこの行為が胃のあたりをさらに不快にさせていく。自分の過《あやま》ちが、自分に返ってきて初めて痛感《つうかん》するなんて滑稽《こっけい》だ。

休み時間は特に孤独だった。みんなが楽しげな会話をしている中、いくら本を読んで気を紛《まぎ》らわせていても、疎外感《そがいかん》と寂《さび》しさに負けそうになる。だから授業開始のチャイムが鳴るとほっとする。それほど孤独は私の心を蝕《むしば》んでいた。

お昼の時間はお弁当の入ったトートバッグを手に、教室から抜《ぬ》け出《だ》す。誰も来ない二階の空き教室で、木が少し傷んだ椅子《いす》に腰《こし》を掛《か》けてひっそりと食べた。

外からの日差しがあまり差《さ》し込《こ》まず、薄暗《うすぐら》いこの場所は結構埃《けっこうほこり》っぽい。けれど、私は一人でお昼ご飯を食べている時間が一番安心した。

私は、どうすればよかったのだろう——。

裏掲示板に書かれていたことは誤解だよ。事情《じじょう》があるんだよと伝えても、全部無視されてしまった。友達である私の言葉よりも、顔の見えない誰かが書いた掲示板の噂《うわさ》の方を信じる。その事実に私という人格《じんかく》が否定された気がして、ことごとく打ちのめされた。

卵焼《たまごや》きを箸《はし》で摘んで、口の中に運ぶ。ほんのりとした甘《あま》みが口内に広がり、無言でそれを咀嚼《そしやく》した。

嫌《いや》なことがあっても食欲《しよくよく》がなくなることや、食べ物に味を感じないということは特にない。それでも胸《むね》になにかがつっかえている感覚はずっと消えずにあり続ける。

結局自分が可愛《かわい》くってたまらなくて、傷《きず》つきたくない。愛されたい。必要とされたい。大事にされたい。

だから間違っていることを指摘《してき》して、嫌《きら》われるのが怖かった。

私は大塚さんとは違う。情けなくて、自分の意思も貫《つらぬ》き通《とお》せない偽善者《ぎぜんしや》だ。

弱い人間というわけではない。けれど、強い人間というわけでもない。簡単《かんたん》にどちらにでも傾《かたむ》くだけだ。味方がいれば強くなれる。けれど、ひとりぼっちだと弱くなってしまう。

そして、今の私の隣には誰もいない。

◆

ホームルームが終わり、机《つくえ》の中身をカバンにしまっていると視線を感じた。

彼女たちが私を見ながら笑っている。その手には携帯電話が握られていて、きっと裏掲示板でも見ているのだろう。悪口がたくさん書かれていることはわかっている。

そもそも私と大塚さんでは、いじめられ方が違っていた。

大塚さんへのいじめには、直接攻撃《こうげき》する行為も含《ふく》まれていたけれど、私の場合は完全なる〝無視〟だ。彼女たちは私のことを〝幽霊《ゆうれい》〟と呼《よ》んでいるみたいで、まるでいないもののように扱《あつか》っている。これまでは私が話しかけても無視をして陰でこそこそ笑っていた彼女たちだが、あの切《き》り裂《さ》かれたぬいぐるみのように、今後はなにかされるかもしれない。

そう考えるだけで血の気が引いていく。

唯一挨拶をしてくれるあの子が、一緒になってぬいぐるみを引き裂いたとは思いたくなかった。誕生日に渡《わた》したとき、嬉《うれ》しそうに笑って大事にすると言ってくれたことを思い出して、酷《ひど》く苦い気持ちになる。

ふと、彼女たちのカバンのキーホルダーに目が留まった。みんなで買ったお揃《そろ》いのキーホルダーは、私だけがつける意味も資格も失っていて、一緒にいた日々は過去《かこ》なのだと痛感する。

彼女たちが教室から出て行ったのを確認してから、裏掲示板にアクセスする。すぐに画面が黒く塗《ぬ》りつぶされ、白い文字で〝裏掲示板〟の文字が浮《う》かび上《あ》がった。

このサイトは基本的《きほんてき》に毒を吐《は》く場所だからか、気味が悪くて暗い雰囲気《ふんいき》で作られている。

おそるおそる一番上にあるスレッドをクリックした。

「なっ」

思わず声が漏《も》れかけて、咄嗟《とっさ》に口を噤んだ。心臓《しんぞう》が激《はげ》しく脈打ち、頭から氷水でもかけられたような感覚に陥《おちい》る。

携帯電話を握っていた手から力が抜《ぬ》けていき、頰《ほお》のあたりが痙攣《けいれん》した。

裏掲示板に新たに載《の》せられていたのは、紛れもなく私の写真だった。盗撮《とうさつ》とかじゃない。私もこれには見覚えがある。仲がよかった頃にみんなで撮《と》った変顔の写真だ。それが私の部分だけ切り取られて、晒《さら》されている。

『気持ち悪い』『やばすぎ』『こういう女ないわー』『ウケんだけど』『ブスすぎでしょ』

その画像《がぞう》に対して、たくさんの心無い言葉が投稿《とうこう》されている。

愕然《がくぜん》として、力の抜けた手から携帯電話が滑《すべ》り落《お》ちた。なんでこんなことをするのかわからない。誰でも見ることができるようなネットで無責任《むせきにん》にここまでするの？

答えの出ない疑問《ぎもん》ばかりが頭に浮かび、怒りや動揺《どうよう》、苦しさなど様々な感情がぐちゃぐちゃにかき混《ま》ぜられて、心が潰《つぶ》されたみたいにずきずきと痛む。

「ねえ、落ちたよ？」

誰かに声をかけられたけれど、返事をする気力がない。またあの窒息してしまいそうな感覚。このまま呼吸が止まってしまいそうだ。

「……なに、これ」

私の携帯電話を見ながら顔を顰《しか》めている大塚さんが視界《しかい》に入り、声をかけてきたのが彼女だったことに気づいた。

「これ……吉田《よしだ》さんだよね。〝あいつら〟にされたの？」

喉《のど》が潰れたみたいに声が出てこなかった。けれど、大塚さんはまっすぐに私を見つめてくる。

あいつらとは、大塚さんのことをいじめていた彼女たちのことだろう。

仲がよかった頃、私がこの写真をＳＮＳに載せた記憶《きおく》も、彼女たちの誰かが載せていた記憶もない。だから、第三者が勝手にどこかから流用したとは考えにくいし、それに、私にこんなことをする人なんて他に思い当たらない。

「あのさ、もうこのサイト見ない方がいいんじゃない？」

大塚さんの言う通りだ。頭ではわかっているつもりだった。見てもいいことは絶対に書いていない。だから見ない方がいい。こうやってなんて書いてあるのかを確認するたびに傷ついて、心が萎縮《いしゅく》して、どんどん自分を追《お》いつめていくだけだ。

でも、確認しないのも怖い。今度はどんなことが書かれているんだろうと気になって、書かれていなければ安心して……ずっとそんなことを繰《く》り返《かえ》している。まるで一種の中毒のようだ。

「それと、もっと酷くなる前に先生とかに相談しておいた方がいいんじゃないかな」

どうして？

「さすがにこれはやりすぎ」

どうして……？

「私なんかに言われたくないかもしれないけど……ちょっと心配だよ」

〝どうして〟大塚さんは責めないんだろう。

下唇《したくちびる》を噛《か》みしめて、必死に言葉と感情を体内に留める。今口を開いたら、せき止めたものがすべて出てきてしまいそうだった。この醜い感情を大塚さんの前で晒したくない。知られたくない。

「……あんまり思いつめないようにね」

私がなにも答えないことに痺《しび》れを切らしたのか、大塚さんは拾ってくれた携帯電話を私の机の上に置いて離《はな》れていった。

自業自得《じごうじとく》だよって言われたら、なんだそっかと納得《なっとく》できた。でも、大塚さんは私を責める言葉を一言も発することはなかった。

むしろ気にかけてくれているようにも感じられて、その彼女の対応《たいおう》が、日差しにじりじりと焼かれているみたいに痛くて、苦しくて、誰もいない暗い日陰《ひかげ》に逃げてうずくまってしまいたくなった。

どのくらいの時間、立《た》ち尽《つ》くしていたのだろう。我《われ》に返って顔を上げたときには、教室には誰も残っていなかった。

どうしてこんなことになってしまったのか、私はこれからどうすればいいのか。答えが出てこない。

カバンと小さいトートバッグを抱《だ》きかかえて、教室を飛び出した。静かな廊下に私の足音が響《ひび》く。肺が圧迫《あっぱく》されて息苦しく、水中でもがいているかのように一歩が重たい。酸素《さんそ》を求めて必死に息を吸い込む。

泣きたくない。立ち止まりたくない。

滲《にじ》んだ視界の中、涙《なみだ》が落ちないように眉根《まゆね》に力を込《こ》めた。

まるで学校は出口のない迷路《めいろ》のようで、日に日に私の行動範囲《はんい》が削《けず》られていくみたいだ。けれど、学校はあの頃からなにひとつ変わっていない。

変わったのは私と彼女たちの関係だ。

それなのに、私から見た学校は、以前とはまったく違う場所になっている。

どうやって学校を出るのかも、知っているはずなのに、そこにたどり着くまでが酷く遠い道のりのように思えた。

靴の底がすり減《へ》ったローファーは、鉛《なまり》のように重たく感じられて、校庭を走っている運動部の掛《か》け声《ごえ》や風に乗って聴《き》こえてくる吹奏楽部《すいそうがくぶ》の演奏《えんそう》に、ひとりぼっちの虚《むな》しさがこみ上げてきて耳を塞《ふさ》ぎたくなる。

学校に来るとやっぱり消えてなくなりたい衝動《しょうどう》に駆《か》られる。

嫌いだ。この世界も、私も、全部がどうでもいい。

必死に足を動かし、俯《うつむ》きがちに真っ黒な校門の檻《おり》をすり抜けた。


『苦しくなったら、また来ればいい』


あの言葉が、不意に私の折れそうな心に歯止めをかける。

私は坂を駆《か》け上がり〝あの場所〟の前にたどり着いた。かなり心が不安定な状態《じょうたい》で、ここに入ってもいいのかと躊躇いがある。だけど、来てしまった。

誰かに聞いてもらえれば、もしかしたらこの醜い感情も少しはマシになるかもしれない。

学校の人にも家の人にも話せないけれど、この喫茶店《きっさてん》の人たちならば、自分の中にずっと溜《た》め込《こ》んでいた言葉を口に出せる気がした。

ダークブラウンの扉《とびら》には、〝ｏｐｅｎ〟と書いてあるプレートがかけられていて、営業《えいぎょう》中のようだった。あの人たちは今日もここにいるだろうか。それとも、別のお客様がいるかもしれない。もしものことを考えて怖気《おじけ》づき、伸ばした手を引《ひ》っ込《こ》める。

ここに来てしまった以上は扉を開きたい。このまま引き返して一人でいたら、心が溺没《できぼつ》してしまいそうだった。

おそるおそる扉を開けると、扉の内側の上部に取りつけられたベルが乾《かわ》いた音を鳴らす。風なんて吹《ふ》いていないはずなのに、扉を開けた瞬間《しゅんかん》珈琲の香《こう》ばしい匂いが全身を包み、鼻腔をくすぐった。


「いらっしゃいませ」

マスターの優《やさ》しい声音《こわね》に視線を上げると、橙色《だいだいいろ》に包まれたあの空間に、昨日と同じ顔ぶれが揃《そろ》っていた。私は不安から解放《かいほう》され、ほっと胸を撫《な》で下《お》ろす。少し鼻の奥《おく》がツンと痛んで、泣きそうになった。そんな自分に戸惑《とまど》いを覚える。

「また来たのかー！　暇《ひま》だねぇ、ショーコ」

ラムさんが私の名前を覚えてくれていたことが嬉しくて、口元が緩みかけた。

「こ、こんにちは！」

「ショーコちゃん、いらっしゃい」

ラムさんの隣に座っている黒さんが、身体を後ろに傾けて、顔を覗《のぞ》かせた。にっこりと微笑みながら軽く手を振ってくれて、私はぎこちなく頭を下げる。

「……座ったら」

皐月くんからは特に挨拶はなかったけれど、短いその言葉が私を受け入れてくれているように感じた。

昨日と同じカウンターの丸椅子に座る。隣にはおそらくまたお酒を飲んでいるラムさん。片手《かたて》でグラスを持ちながら、カラコロと涼《すず》しげな音を響かせて丸い氷とお酒を回している。華奢《きゃしゃ》な指に塗られたネイルが艶《あで》やかな光沢《こうたく》を放っていて、つい見惚《みほ》れてしまう。

「ったく、ショーコは今日もくっらいなー！」

ラムさんが弾《はず》むような元気な声で言い放ち、私の肩を軽く叩《たた》いてきた。そう言うラムさんは今日も明るいなと思いながら視線を上げると、カウンターの向こう側にいる皐月くんと目が合った。

「なんで来たの」

「……っ」

「皐月くん」

窘《たしな》めるように彼の名前を呼んだ黒さんを、ラムさんが「静かに」と言って止めた。それっきりマスターも、黒さんもラムさんもなにも言葉を発しない。

私の言葉を待ってくれているのだ。

そして、皐月くんのなんで来たのかという問いは、意地悪からじゃないということを、私だけじゃなくて、他の人たちも気づいているのではないかと思う。

なんで来たのか。

その答えは、わかりきっていた。だけど、言葉を溜め込んで腐らせてきた私にとって、吐き出すことは容易《ようい》ではない。

話すのが嫌なわけではなくて、最初の一言がなかなか出てこないのだ。

こんなに情けなくて、うじうじした人間なのかと改めて自覚する。私が皐月くんたち側にいたら、早く言えってイライラしてしまったかもしれない。それなのに彼らは文句《もんく》も言わずに待ってくれている。

急《せ》かさずにいてくれることは、なんて幸せなことなのだろう。

きっとここの人たちは無視なんてしない。私をいないもののように扱わない。

「……ゆっくりでいいよ」

皐月くんの言葉に、ここにいていいのだと感じて少しだけ心が軽くなる。

自分の思いを話そう。はじめの言葉は、なんて言えばいいのだろうか。

ぎゅっと固く目を瞑り、震《ふる》える唇《くちびる》を微《かす》かに動かす。

「っ、く」

押しつぶされたような声が自分から出てきていることが少し信じられなかった。別に重大なことを言うわけでもないのに、どうしてここまで躊躇ってしまうのだろう。

閉ざしていた目を開き、僅《わず》かに顔を上げると、再《ふたた》び皐月くんと視線が交わった。皐月くんの眼差しは、私を心配しているようにも思えた。

もしかしたら私の都合のいいように捉《とら》えているだけかもしれないけれど、少なくとも学校で彼女たちから向けられているような悪意は感じない。

『きっとあの人たちは、あんたの話をなんだって聞いてくれるから』

皐月くんの言葉を思い出して、肩の力を抜いていく。

大丈夫《だいじょうぶ》。きっとこの人たちは聞いてくれる。

「苦しく、なったら……来て、いいって」

手に汗《あせ》が滲《にじ》み、いつもよりも声量が出ない。か細くて掠《かす》れた情けない声だった。

「皐月くんが……そう、言ってくれた、から」

これがやっと、自分の口から出せた言葉だった。

「……へえ、皐月がねぇ。やるじゃーん。見直しちゃった」

「ラムさん、そういうのうざいからやめて」

「照れんな照れんなっ！」

「だから、うざい」

昨日と変わらない会話を有《あ》り難《がた》く感じた。あんなことを言っておきながらワガママかもしれないけれど、重たい空気になってほしいわけじゃなかった。

「さ、どうぞ。ショーコちゃん。きっと少し落ち着くよ」

マスターが柔《やわ》らかな湯気を放つ珈琲を目の前に置いてくれる。

「……ありがとう」

香《かお》り高《たか》い珈琲は、まだ飲んでいないのに舌《した》にほろ苦い味わいを与《あた》えてくれる。ミルクポットからミルクをとろりと垂《た》らして、渦巻《うずま》いていく珈琲カップを両手で覆《おお》う。

「いただきます」

一口飲んだ瞬間に、温かな味わいが心に染《し》みわたった。気がつけば、涙がぽろりと落ちていた。

ああ……そうだ。これが飲みたかった。

「よしよし」

ラムさんが私の頭をそっと撫《な》でてくれて、その心地よさに目を閉じる。

「事情は話せたらでいいよ。ショーコ」

温かな空間でもう一度この時を過ごしたかった。喫茶店や珈琲が特別好きってわけじゃない。この人たちがいるから、また来たいって思ったんだ。

私の凍《こお》った心が珈琲の温かい優しさに少しずつ溶けていくみたいだった。

「わた、し……」

喉元につっかえていた言葉がゆっくりとほどけていく。

「……っ、責められた方がよかった」

ポタリと落ちる涙がカウンターの木目に染《し》みをつくる。一度溢《あふ》れ出《だ》したら止まらない。

それから私はずっと溜めていた言葉をひとつずつ吐き出していった。

家に居場所がないこと。いじめていたグループにいた私が、今度はいじめられる側になってしまったこと。そして、あの日の出来事を。

◆

始まりは、七月になったばかりの土曜日だった。

その日、私は仲よくしているグループの友達から期末テストが終わったから遊びに行こうと誘われていたけれど、母方の祖母《そぼ》の家に行くことを伝えてその誘いを断《ことわ》っていた。支度《したく》が早めに終わり、時間が余《あま》っていたので近所のコンビニに車の中で酔《よ》わないために食べる飴《あめ》とジュースを買いに行くことにした。

「おー、吉田じゃん」

買い物が終わり、コンビニから出たところで声をかけられて振《ふ》り返《かえ》る。私に気づいた同級生の男子がジャージ姿で軽く手を振りながら、こちらに歩《あゆ》み寄《よ》ってきたのだ。肩にはサッカー部の名前が入ったエナメルバッグをかけている。これから練習があるのだろう。

「市川《いちかわ》くん。あ、今日部活？」

「そうだよ。午後から練習」

「土曜日も練習って大変だね」

市川くんとは去年クラスが同じで、席が隣になったこともある。異性《いせい》の中では親しい方で、すれ違えば気さくに会話をする仲だった。

「吉田は？」

「私はおばあちゃん家《ち》に行くから、その前に買い物に来たんだ」

「へー、そっかー」

なんて他愛のない会話をして、私たちはすぐに別れた。けれど、この様子を同じ学校の誰かが見ていたらしい。

その日から突然《とつぜん》、グループの友達にメッセージを送っても、返事が来なくなった。みんなで繋《つな》がっているSNSには楽しげな三人の画像が載せられている。自分だけ遊びに行けなかったのは寂しかったし、送ったメッセージに返事がまったく来ないのも悲しかった。

それでも、月曜日に学校へ行ったら、またいつも通りだろう。次の遊びには行けるといいな。このときの私はそんな風に軽く考えていた。

祖母の家から帰り、ベッドに寝転《ねころ》がりながら何気なくあの〝裏掲示板〟を開いた。特に書き込むこともないけれど、暇つぶしになんとなく見てしまう癖《くせ》ができていた。すると、ある画像が目に留まり、息を飲んだ。

会話をしている男女の姿に、見覚えのある場所と服装《ふくそう》。嫌な汗が手のひらを湿《しめ》らせていく。

「な、んで……っ」

そこに映っていたのは、私と市川くんだった。

学校の誰かに見られて、面白半分《おもしろはんぶん》で裏掲示板に載せられたみたいだ。コメント欄《らん》には「こいつらデキてんの？」と書かれている。けれど、幸いなことにみんな特に反応を示《しめ》していない。

おそらくここを見ている生徒たちにとっては、ネタとしての面白みに欠けるものだったのだろう。

大して話題になっていないことにほっと胸を撫で下ろして、月曜日に彼女たちに愚痴《ぐち》ろうと考えて眠りについた。

月曜日、学校へ着くと早速《さっそく》彼女たちの元に駆《か》け寄《よ》って声をかけた。

「おはよー！」

いつもなら同じ言葉が返ってくるはずなのに、聞こえていないかのように彼女たちは一言も返してこなかった。

「ねぇねぇ、聞いてよー！」

確実《かくじつ》に話しかけているのに、目すら合わせてくれない。予想をしていない最悪な事態《じたい》に冷《ひ》や汗《あせ》が背中と手のひらに滲んだ。

「え、ちょっと……」

話しかけても〝すべて無視〟されている。

「ねえ」

「現文《げんぶん》のプリントやってきたー？」

声をかけているはずなのに。

「ね、ねえ！　どうしたの？」

「あー、あれね。教科書見たら結構わかったよ〜」

「写させて〜」

誰も私を見ていない。心臓が破裂《はれつ》してしまうのではないかと思うくらい鼓動《こどう》が速くなる。

先週の金曜日までは普通《ふつう》に笑い合って会話をしていたはずなのに。突然の出来事についていけなくて眩暈《めまい》がした。

「ど、して……？」

まるで私がその空間にいないかのように彼女たちは楽しげに会話をしていて、声をかけてもまったく反応をしてくれない。

なにが起こっているのかわからず、泣き出したい気持ちをぐっと堪える。トイレの個室《こしつ》に逃げるように駆《か》け込《こ》み、乱《みだ》れた心を必死に落ち着かせようと深呼吸《しんこきゅう》を繰り返した。

スカートのポケットから携帯電話を取り出して、おそるおそる裏掲示板を開いてみると、そこに書いてある言葉に目を見張《みは》った。

『吉田祥子は、嘘《うそ》つきで男好き』

『友達よりも男をとる最低女』

そこでようやく気づいた。誤解されてしまっていることに。おそらく彼女たちの誘いを断ったのは、市川くんと会うためだと思われている。

違う。本当に偶然《ぐうぜん》で、誘いを断った理由も嘘じゃない。否定したい。誤解を解きたい。そう思うのに、彼女たちは私の話を聞こうともしてくれなかった。

『てかさ、アイツうざくね？』

真っ黒い画面に浮かび上がる白い文字。

『それな。調子乗ってるよね』

『吉田っていつもなに考えてんだかわかんないし、人を見下してる感じがする』

誰が書いたのかすぐに察しがついた。いつからそんな風に思われていたのだろう。もしかしたら私のいないところでずっと悪口を言っていたのかもしれない。

そう思ったら一気に怖くなって、今までの彼女たちとの思い出が黒く塗りつぶされて歪《ゆが》んでいった。

まるで話を聞いてくれない。たかがこんな写真一枚で約束を破《やぶ》ったと、そんな人間だと思われている。なにも信じてもらえていない。

というより私は最初から、彼女たちに好かれてなんていなかったのかもしれない――。

この日から、私は今まで当たり前のように在《あ》った学校での居場所を失ってしまった。

これは因果応報《いんがおうほう》ってやつだ。いじめを見て見ぬふりをして、大塚さんに酷いことをしていたのだから。

だからこそ、大塚さんに罵《ののし》られたり責められたり嘲笑《あざわら》われる日が来るのではないかと思っていた。

それなのに彼女は……。

『もっと酷くなる前に先生とかに相談しておいた方がいいんじゃないかな』

『……あんまり思いつめないようにね』

その言葉は私を気遣《きづか》っているみたいで――胸《むね》の奥《おく》がざわついた。

「そりゃ責められた方が楽だもんね」

弾《はじ》かれたように顔を向けると、ラムさんが頬杖をつきながら片方《かたほう》の口角をつり上げて私を見ていた。

「ずっと後ろめたかったんでしょ？　けど、自分が一番可愛くて守っていた」

そうだ。私は自分を守っていた。誰かが傷ついていても、自分が傷つかないならいいと知らん顔をしてきた。

「それなのにその子は、ショーコとは違って〝他人〟の心配をした。その違いが悔《くや》しくて惨めで、恥《は》ずかしかったんじゃない？　なんて自分は情けない愚《おろ》かな人間なんだろうってさ」

「ラムちゃん、言いすぎ」

「だけど、そうでしょ？　けどまあ、ショーコの言動を否定はしないよ。実際《じっさい》その子よりもショーコみたいな人の方が断然《だんぜん》多いだろうし」

俯きそうになる私の顔にラムさんが手を添《そ》えて、持ち上げてくれた。

「ショーコ」

少しひんやりとしたその手は、私に冷静さを取《と》り戻《もど》させてくれるみたいだった。

この話に耳を塞いではいけない。目を逸《そ》らしてはいけない。そんな風に言われている気がする。

「あんただって、気づいているんでしょ？　自分の間違いに」

そう、本当は最初から自分の間違いに気づいていた。でもずっと口に出せなくて、逃げていた。

「気づいているなら、やることはひとつなんじゃない？」

「ひとつ……？」


「勇気を出しな」


勇気を出す。小説や漫画《まんが》、テレビの中でなら何度も見たことも聞いたこともある言葉。それを面と向かって誰かに言われたのは初めてだった。

「立ち向かっていく勇気じゃないよ。……人の内側に触れる勇気」

人の内側に触れる――。

自分のことをわかってほしいくせに、相手のことをわかろうとしてこなかった私には、きっと一番足りないものだ。

「時には逃げたっていいよ。人に甘えたっていいんだよ。けどね、自分を責め続けるのはやめな。ショーコはまだ何度だって取り戻せる」

けれど、私は今まで大塚さんを傷つけていた。無視していた。それは消えない事実。彼女は私の憧れで仲よくなりたかったのに、彼女が悪くないことを知っていたのに、目を背《そむ》けてなにもしなかった。今更《いまさら》どう取り戻せばいいのだろう。

「それにさ、世の中には弱さを隠すことが上手な人間だっているんだよ。それに自分で気づけなくて、次第《しだい》に潰れてしまう……」

大塚さんもそうなのだろうか。なにをされても泣く姿を見せたり、学校を休むこともなかった。まったく弱さを見せなかった彼女は、その本心を実は必死に隠していたのかもしれない。

「人の内側に触れて、他人のことを理解《りかい》していくのは大事なことだよ」

ラムさんの言葉が胸の奥底で脈打つ。私が内側を晒け出したことによって、ラムさんたちは私の気持ちを理解してくれた。

「あんたさ、人との間に見えづらい距離があるっていうか……分厚《ぶあつ》いガラスみたいなもんがあるよな」

皐月くんの鋭《するど》い指摘に息を飲んだ。彼の言う通り、私は本音を知られて拒絶《きょぜつ》されるのが怖くて、無意識《むいしき》に人と距離を置いて接《せっ》してしまっていた。

「おっ、皐月ってば、ショーコのこと案外見てるんだぁ？　やるぅ」

「ラムさん、うるさいしうざい」

同じグループの彼女たちと仲がよかったときも、打《う》ち解《と》けていたのかと言えば微妙《びみょう》なところだ。わかってほしいなんて思っておいて矛盾《むじゅん》しているけれど、家での悩《なや》みごとも一切話したことがない。知られることに抵抗《ていこう》があった。

「そいつらに自分の思っていること、ちゃんと言ったことあんの?」

皐月くんの質問《しつもん》がぐさりと胸に突《つ》き刺《さ》さり、その痛みから逃《のが》れるように頬の内側を嚙《か》む。

自分の思っていることを正直に話したら、いじめられる側になってしまうのではないかって心のどこかで恐れていた。だから大塚さんのいじめについてもなにも言えなかったんだ。

「誰かにこのこと相談した?」

きっと皐月くんも、ラムさんたちも私の答えを聞かなくたってわかっていると思う。けれど、その質問にちゃんと答えなければいけない気がして、嚙みしめていた頬の内側を解放して息を吐くように小さな声を出した。

「ううん……誰にも」

頬の内側の痛みに混《ま》じって、血の味が滲む。強く嚙みすぎてしまったみたいだ。

皐月くんが少し呆れたようにため息を漏らして、苦々しく言葉を吐き出す。

「寂しいなら寂しいって言えばいいし、辛《つら》いなら辛いって言えばいいだろ。言わないと誰も気づけない」

「けどっ、……言える相手が、いない」

家族にも言えないし、そもそも知られたくないのだ。小学校や中学校のときの友人とも今は疎遠《そえん》で、彼女たち以外に親しい人はいなかった。身体的にいじめられているわけではなく無視されているだけだから、先生にも相談しづらい。

思《おも》い浮《う》かべても、話を聞いてもらいたい相手がいないのだ。これまで自分が、薄っぺらい人間関係しか築《きず》いてこなかったのだと痛感する。

中学生の頃、私は仲のよい三人グループにいた。当時は人に合わせるよりも、自分の意見を持っていた方がいいのだと思っていた。

けれど二人に言われたのは、〝祥子って冷たい〟。

彼女たちがほしがっていたものは、同調だった。恋愛《れんあい》相談にも、好きな芸能人《げいのうじん》の話題にも、家での不満にも、明確《めいかく》な答えや意見なんて求めていなくて、気持ちを理解して同調する言葉を必要としていたのだ。

『祥子の言ってることって正しいのかもしれないけど……傷つく』

『わかる。もうちょっとこっちに合わせてほしい。てか祥子って私たちといて楽しい?』

二人の発言は、鈍器《どんき》で頭を殴《なぐ》られたような衝撃《しょうげき》だった。相談に対して真剣《しんけん》に悩んで出したつもりの言葉は、彼女たちをただ傷つけていただけだと知り、私は自分の言葉が怖くなった。

気まずそうに顔を見合わせていた友達の表情が、いまだに頭から離れない。きっとずっと二人は私の発言に我慢《がまん》していたのだろう。

その後、謝罪《しゃざい》して仲直りはしたけれど、少しずつその子たちとは距離ができて疎遠になっていった。

自分の意見で誰かを傷つけることがあるのだと知り、それ以降《いこう》私は思っていることを言うのが極端《きょくたん》に怖くなった。

言いたくても言わない方がいいことはたくさんある。言葉ってそんなに簡単な軽いものではない。寂しいとか苦しいとか、助けてという言葉は重たすぎて、伝えたところで相手にとって迷惑《めいわく》になるかもしれない。

だから私は、自分の気持ちを我慢した方が周りとうまくやれると思っていた。

「じゃあ、俺《おれ》らにすれば」

顔を上げると、吸い込まれそうなほどまっすぐな黒い瞳《ひとみ》が私を映していた。

「愚痴る相手。話したくなったらなんでも話せばいいじゃん」

皐月くんが少し柔らかな表情で言うと、すぐに鋭い視線を私の隣のラムさんに向ける。

からかわれることを警戒《けいかい》しているようだ。

案の定にたにたと笑っているラムさんは「甘酸《あまず》っぱいねぇ」と言いながら頬杖をついて、グラスに入ったお酒を喉に流していく。

悩みごとを言える相手がいない私には、悩みごとを打ち明けてくれる相手もいなかった。今となっては、それがさらに私の心を凍らせた原因だった気がする。

自分はどんな人間になりたかったのか、そしてなにを望んでいたのかが、冷静になって少しずつ見えてきた。

「……私は、ずっと、誰かの特別になりたかったんだ」

親友と呼ばれる人が羨ましかった。大事にされて、好きだと思ってもらえる存在《そんざい》になってみたかった。自分の気持ちを曝《さら》け出《だ》すのが怖くなってしまった私は、周りと壁《かべ》をつくってしまって、本音で話すことを避《さ》けていた。けれど本当はありのままの姿で好かれている人に憧れていた。

誰かに好かれたい。誰かに必要とされたい。いなくならないで。ここにいてと言われるような私になりたかった。

「じゃあ、まずはショーコちゃんにとって特別な人ができるといいね」

マスターは目尻《めじり》にしわを寄《よ》せて目を細める。

「……私にとって、特別な人？」

濡《ぬ》れたグラスをフキンで拭《ふ》いているマスターの左手の薬指が、一部分だけ白い。おそらくそれは、指輪の痕《あと》なのだと思う。

「その人を大事にすることで、ショーコちゃんがその人にとって特別な存在になるんじゃないかな」

グラスを拭き終わったマスターが、左手の薬指を右手でさすりながら悲しげに眉《まゆ》を下げて、声のトーンを僅かに落とした。

「……マスターにも特別な人がいたの？」

「もう随分《ずいぶん》と昔の話だけどね。特別な人ができると、大事にしたい、されたいと思うものだよ。そうやって傷つけて傷つけられて、人との関わりを学んでいくんだよ」

私は傷つけることも傷つけられることも恐れて、人と関わることを躊躇っていた。過去に友達を傷つけたときだって、もっと言い方に気をつけるべきだったのだ。

「だからね、ショーコちゃん。自分のことを知ってもらうためにも、相手を知るためにも話すことは必要なことだよ」

きっとマスターも、皐月くんも黒さんも、明るくて楽しげなラムさんにだって悩みや苦しんでいることがある。それは他人が簡単に土足で踏《ふ》み込《こ》んでいいものじゃない。

だからこそ、本人からのSOSが必要なのかもしれない。

私は今まで誰かのSOSに見て見ぬふりをしてきた。そして、自分でもSOSを出すことを躊躇って耐えていた。

でも、ずっと耐え続けることは難《むずか》しい。どこかで吐き出さないと壊れてしまう。

だから私はこの世界から溶けてなくなりたかった。

……人と向き合うことから逃げていたんだ。

「――っ！」

突然、意識がぐっと引《ひ》っ張《ぱ》られるように儚《はかな》く澄《す》んだ歌声が店内に響いた。

黒さんが、目を閉じて伸びやかに歌っていた。突然のことに言葉を失い、その歌声に耳を傾ける。

英語の歌詞《かし》の聴いたことのない曲だったけれど、その歌声に不思議と心が惹きつけられた。

この空間一帯が、まるで黒さんのステージのようだ。

胸のあたりが、ぎゅっと切なく収縮《しゅうしゅく》する。寄《よ》り添《そ》ってくれるような優しくて柔らかな透《す》き通《とお》った歌声に、目頭《めがしら》が熱くなってくる。

私は零《こぼ》れ落《お》ちそうになる涙を必死に堪えて、下唇を噛みしめた。

「ご静聴《せいちょう》ありがとうございました」

歌い終わった黒さんが口角をにぃっと上げて、こちらに首を傾けた。

「私の好きな曲なの。歌詞には大切な人への想《おも》いが込められているのよ」

黒さんから紡《つむ》がれる歌はとても温かくて、こんな風に聴《き》き入《い》ったのは初めてだった。

「……いきなり歌い出すからびっくりした。けど、やっぱり黒さんの歌声ってすごい」

皐月くんの声がいつもよりも弾んでいるように聞こえる。

やっぱりということは、前にも歌ったことがあるのだろうか。

「ショーコちゃんがどんどん暗い表情になっていくから、少しでも気が紛れるといいなと思って」

「え……私のため？」

あんなに素敵《すてき》な歌を私のために聞かせてくれた……。そう思うと嬉しくて、胸に心地よい熱がじんわりと広がっていく。

「びっくりさせちゃったわよね。ごめんね」

「そ、そんなことないっ！」

思ったよりも大きな声が出てしまった。けれど、伝えたい。私が嬉しいって思ったこと、胸がこんなに熱くなるくらい感動したんだってこと、ちゃんと本人に伝わってほしい。

「嬉しかった！　すごく……っ、綺麗《きれい》で優しくって、なんていうかいい言葉が思いつかないけど……でも本当に感動して、ここまで聴き入った歌声は初めてだった！」

溢《あふ》れ出《で》てくる感情をあますところなく伝えたいのに、思ったことの半分以下しか伝えられていない気がしてもどかしい。もっとうまく伝えられたらいいのに。この感情すべてを言葉として紡ぐ術《すべ》がなくて歯がゆくなる。

「ショーコちゃん」

黒さんが立ち上がり、私の元へ歩み寄ってくると、両手を広げて包《つつ》み込《こ》むように抱きしめた。突然のことに頭がついていかず、瞬《まばた》きを繰り返す。

「え……く、黒さん？」

「ありがとう」

「えっと……」

「すごく嬉しいわ。そんな風に言ってくれてありがとう。私、不器用で優しいショーコちゃんが大好きよ」

うまく伝えられていないと思っていた。けれど、黒さんの声音から喜んでくれていることがわかり、私の思いが伝わったのだと感じた。それが嬉しくて、鼻の奥がツンと痛くなって視界が歪む。

「なーに、泣いてんだよ。ショーコ」

抱きしめてくれている黒さんには見えていないけれど、ラムさんからは私の顔が丸見えで、ポロポロと涙を流している私を見て笑っている。

私が泣くのは変だ。そう思うのに、何故《なぜ》だか止まらない。

言葉にならない泣き声を上げながら、とめどなく涙が零れ落ちていく。固まっていた自分の心が、少しずつ溶かされていく気がした。ほしかった優しさがここに確《たし》かに存在していて、それを取り零さないようにしようと黒さんを抱きしめる力を強めた。

時間はあっというまに過ぎていき、名残惜《なごりお》しいけれど今日も帰らなくてはいけない時間になってしまった。

「え、今日もいいの……？」

マスターは今日も珈琲のお代はいらないと言った。けれど、申《もう》し訳《わけ》なくてお財布《さいふ》を出そうとすると、ラムさんに手を摑まれて阻止《そし》された。

「こういうときは甘えなって」

マスターにちらりと視線を向けると、丸メガネの奥の目を細めてにっこりと笑ってくれる。

「あの……ありがとう！　私、ここの珈琲がまた飲みたいって思ってたの」

素直《すなお》に言うのは恥ずかしかったけれど、もうわかっている。自分の気持ちは言わないと伝わらない。

本当に相手に伝わってほしいのなら、恥ずかしくっても言葉に出さないと心に溜めたまま終わってしまう。ありがとうの気持ちが、どうか届《とど》きますように。

「ったくもー！　素直なショーコもかっわいいなぁ！」

ラムさんが明るい声で笑いながら、私に抱きついてきた。

「――やって」

ラムさんが耳元で呟《つぶや》く。

「え？」

さらに声を小さくして、ラムさんは私にだけ聞こえるように言った。

「――は、あたしたちとは違うからさ」

その言葉の意味を聞く前に、ラムさんは私から離れて頭を軽く撫でてきた。

「気をつけて帰んだよ」

なんとなく察してしまった。今は詳《くわ》しく聞くなということなのだろう。本人には聞かれたくないから、ラムさんはわざと小さな声で私にだけ聞こえるように伝えてきたのだ。

それなら本人が話してくれる日が来るまで、聞くのはよそう。

目が合って微笑み返すと、ラムさんも察してくれたのか、ウインクを飛ばしてきた。ウインクってこんなときに使うのかと心臓が小さく跳《は》ねた。色っぽくて綺麗なラムさんだからこそ似合《にあ》う仕草だろう。きっと私がしたら……ぎこちなくて不格好《ぶかっこう》だ。

「ごちそうさまでした」

「ショーコちゃん、待って待って」

帰ろうとカバンを肩にかけるとマスターに呼《よ》び止《と》められた。なにか忘《わす》れ物《もの》でもしたかと思ってカウンターに視線を流してみるけれど、特になにも忘れていない。

「皐月くん、お見送りしてあげなさい」

そんな、いいのに。と言いそうになったけれど、マスターなりの心遣《こころづか》いなのかもしれない。少し複雑《ふくざつ》そうな表情をした皐月くんが、ゆっくりとした足取りで私の元に歩み寄ってきた。

「行こ」

「う、うん」

私よりも背《せ》の高い男の子。バレないように横目で彼の顔を見て、すぐに視線を逸らす。どこの高校かは知らないけれど、皐月くんは私と同じくらいの年齢《ねんれい》のはずだ。少し肌《はだ》が焼けていて、スポーツをやっていそうだけど、部活もやりながらここでバイトしているのだろうか。

喫茶店を出ると、空が見事な茜色《あかねいろ》に染《そ》まっている。日差しをたっぷりと吸収《きゆうしゆう》したアスファルトから熱気が身体に纏わりついて、肌がべたつくような気がした。

振り返って皐月くんにお見送りありがとう、と言おうとしたら、彼の手が私の顔の方に伸びてくる。

「えっ……と？」

「目、赤い」

温かな指先が私の目元をそっと撫でた。

「……泣いたから、ね」

皐月くんの行動に戸惑いながらも、近い距離に照れくさくなってくる。逸らしたいのに皐月くんから目が離せない。

「なあ」

「……なに？」

このままでは速くなった鼓動が、私の目元に触れている指先から皐月くんにも伝わってしまいそうで――。

「学校、辛い？」

その一言で、頰に集まっていた熱が静かに引いていく。訊《き》いてきた皐月くんの方が、何故か辛そうに見えて、返す言葉に詰まってしまう。

「楽しくはない、けど」

「うん」

「でも……ここのみんなのおかげで楽しみができたよ」

「……楽しみ？」

僅かに目を見開いた皐月くんが、私から手を離して、不思議そうな表情を向けてくる。なにが楽しみなのか彼にとってはわからないのかもしれない。

「私、家でも学校でも楽しいことが全然なくて、ずっと消えちゃいたいって思いながら毎日過ごしてた。けど……ここに来てみんなと話すことが楽しみになってるの。偶然でもここに来られてよかった。だからね、ありがとう」

「……っ」

告げた想いに対しての皐月くんの反応は、想像とはまったく違っていた。

複雑そうに眉間《みけん》にしわを寄せて、目元に力を入れている。下唇を僅かに動かして噛みしめる彼の表情は悲しげで、すごく苦しそうだった。

喜んでもらえるかと思った。それか、ちょっと呆れたような表情で大袈裟《おおげさ》とか言われるかと予想していたのに……どうしてだろう。

「……馬鹿だな」

「え？」

「でも、ありがと」

右手で左肘《ひだりひじ》を爪が食い込むくらい握りしめている。私は皐月くんに言ってはいけないことを言ってしまったのだろうか。

「気をつけて。じゃあ、さよなら」

乾いたベルの音を鳴らして、喫茶店の扉が開く。その中に吸い込まれるように消えていった皐月くんの寂しげな後《うし》ろ姿《すがた》が、脳裏《のうり》から離れなかった。

帰り際、ラムさんに耳打ちされた言葉が少し引っかかる。


『皐月のこと、気にかけてやって』


私にだけ聞こえるように言ったその言葉には、きっと意味があるはずだ。

『皐月は、あたしたちとは違うからさ』

彼とラムさんたちとの違いというのがなにかはわからない。けれど、確実に皐月くんにはなにか抱《かか》えている問題があるのだろう。今はなにもできなくても、いつか私でも彼の力になれることがあるかもしれない。

私には特別な力なんてない。人を動かせる言葉も言えない。行動力だってまったくない。

それでも、誰かの力になれるのなら、今の私から変わりたい。

三章　それぞれの夢《ゆめ》

家に帰ると、お母さんがソファに座《すわ》ったまま眠《ねむ》っていた。心地《ここち》よさそうに寝息《ねいき》をたてながら、幸せな夢《ゆめ》でも見ているのか頰《ほお》が緩《ゆる》んでいる。

傍《そば》にあるブランケットを起こさないようにそっとかけた。お腹《なか》がだいぶ大きくなってきている。こうしている間にもお腹の中の赤ちゃんはどんどん育って、じきに私《わたし》はお姉ちゃんになるのだ。

嬉《うれ》しいはずなのに、心になにかがつっかえている。

私はちゃんとお姉ちゃんになれるのだろうか。このままここにいてもいいのかな。お父さんは血の繫《つな》がらない他人の私をどう思っているのだろう。

小学校六年生の頃《ころ》、お母さんが再婚《さいこん》しようと思っていると言ったとき、私は戸惑《とまど》って「嫌《いや》だ」と言ってしまったことがある。そのせいでお母さんたちを困《こま》らせて、再婚時期を高校入学まで延期《えんき》させてしまったのだ。あのとき私が嫌だと言わなければ、二人はもっと早く結婚《けっこん》していたはずだ。

お父さんのことが嫌いだったわけじゃない。ずっとお母さんとは二人で暮《く》らしてきて、手伝いをするたびに喜んでもらえて……、だから、ずっと私がお母さんを支《ささ》えているつもりだった。

でも再婚すると聞いて、お母さんを支えるのも大切な家族も、私だけじゃなくなるってことが、たまらなく寂《さび》しかったんだ。


『あなたの夢はなんですか？』


テレビから聞こえてきた言葉に振《ふ》り返《かえ》る。アナウンサーのお姉さんが街中の人にマイクを持ってインタビューをしているようだ。

テーマは、あなたの夢。

マイクを向けられた私と同い年くらいの女の子が、少し照れくさそうにインタビューを受けている。

『私の夢は、保育士《ほいくし》になることです』

テレビ画面の中の女の子のように、自分の夢をちゃんと答えることは誰《だれ》にでもできることじゃない。

私は思いつかない。小さい頃には、お花屋さんとかアニメに出てくるキャラクターの名前とか、数えきれないほどなりたいものがあったけれど、高校生になった今の私は、夢を持つなんて考えたこともなかった。

興味《きょうみ》があるもの、憧《あこが》れるもの、未来。

消えてしまいたいと願っていた私に、この先の希望なんて見つけられるのだろうか。

『あなたの夢はなんですか？』

『俺《おれ》の夢は～』

再《ふた》びアナウンサーの人がインタビューをしている。まるで自分に問われているような気がして、テレビ画面を見つめながらぼんやりと思いに耽《ふけ》る。

私の夢は、いつから消えてしまったのだろう。

◆

翌朝《よくあさ》、裏掲示板《うらけいじばん》を確認《かくにん》すると私の変顔の画像《がぞう》は削除《さくじょ》されていた。そのことには安堵《あんど》したけれど、あの掲示板に書《か》き込《こ》んでいなくてもアクセスしている人は結構《けっこう》いるはずだ。だから既に多くの人が、あの画像を見ただろう。

予想通り、教室の自分の席に着くまでの間にこそこそとなにかを言いながら私を見ている不快《ふかい》な視線《しせん》をたくさん感じた。画像を晒《さら》され、悪口をたくさん書かれていた私は格好の話のネタになっているようだ。

大塚《おおつか》さんも幾度となくこういう視線を向けられてきたのだろう。彼女《かのじょ》の場合は裏掲示板で悪口や嘘《うそ》を書かれて、男子に目撃《もくげき》されない場所でこっそりと痛めつけられていた。その分、今の私よりもずっと辛《つら》かったはずだ。

登校して少ししてから、大塚さんが登校してきた。

隣《となり》で机《つくえ》に教科書をしまっているのを視界《しかい》の端《はし》で捉《とら》えながら、私は声をかけることができずにいつも通り本を開く。

『世の中には弱さを隠《かく》すことが上手な人間だっているんだよ』

『自分のことを知ってもらうためにも、相手を知るためにも話すことは必要なことだよ』

ラムさんやマスターからもらった言葉を思い返して、隣にいる大塚さんを横目で見る。

私は一度も彼女の口から本音を聞いたことがない。今まで大塚さん自身の気持ちや考えを知ろうともしてこなかったのだ。

大塚さんのことが知りたい。

そんなことが頭を過《よぎ》るけれど、遠くからあの子たちの笑い声が聞こえてきて我《われ》に返る。元々大塚さんをいじめていたグループにいた私が、今更《いまさら》大塚さんのことを知りたいだなんて都合がよすぎる。それに声をかけても嫌な思いをさせるだけかもしれない。

そもそも、たった一言「おはよう」という挨拶《あいさつ》さえもできないのだ。こういうところが意気地《いくじ》なしで嫌になる。

「ねえ」

声が聞こえてきて振《ふ》り向《む》くと、大塚さんと目が合った。彼女から私に話しかけてくれたことに、本を持っている手が強張《こわば》り、固唾《かたず》を呑《の》む。

「あのあと、先生に相談した？」

話していることを周囲にバレないようにしているのか、机に肘《ひじ》をついて手のひらで口元を覆《おお》いながら声を潜《ひそ》めている。

大塚さんなりの気遣《きづか》いなのだろう。自分がなにかを掲示板に書かれるというよりも、おそらく私がなにかを書かれないようにと気にしてくれているのだ。

大塚さんがターゲットとなって、一緒《いっしょ》に話していた子が裏掲示板に悪口を書かれ出すと、親しかった女子たちは大塚さんから距離《きょり》を置き始めた。そしてそれを察した大塚さん自身も、自分からは周りに話しかけなくなった。きっと誰のことも巻《ま》き込《こ》みたくなかったのだと思う。

「してないよ」

「そっか」

「もう画像は消されてたから……」

「それなら、ひとまずよかった」

私の画像が消されたことに大塚さんはほっとしたようだった。私は胃のあたりにじわりと熱いなにかが流《なが》し込《こ》まれたような感覚になり、刺《さ》すような痛みに襲《おそ》われた。実際《じっさい》に誰かに痛めつけられたわけでも、自発的になにかをしたわけでもない。

これは精神的《せいしんてき》な痛みだ。過剰《かじょう》に反応《はんのう》しすぎなのかもしれないけれど、自分は卑怯者《ひきょうもの》だと突《つ》きつけられているような気分だった。

「……どうして？」

「え？」

「私のことざまあみろって思わないの？」

ずっと心の中で、黒色に染《そ》まって渦巻《うずま》いていた感情《かんじょう》を掬《すく》い上《あ》げる。

この質問《しつもん》はあまりに幼稚《ようち》で馬鹿《ばか》げているとわかっていた。けれど、私は元々あっちのグループにいて、大塚さんに直接《ちょくせつ》なにかをしなくても、見て見ぬふりをした。自分を守るために、大塚さんが傷《きず》つけられていることを知っていて助けようともしなかった。

それなのに、大塚さんは恨《うら》みや怒《いか》りなんて一切《いっさい》見せずに優《やさ》しく接《せっ》してくれて、心配までしてくれる。

「じゃあ、吉田《よしだ》さんはあの人たちの誰かが今度は同じ目に遭《あ》っていたら、ざまあみろって思うの？」

「え……それは」

私へのいじめが終わって、次にあの中の誰かがターゲットになったとしたら、私はそれを見て嫌な気持ちになるだろう。

「……思わない」

「私も自分の代わりに誰かが被害《ひがい》に遭えばいいなんて思わないよ。そりゃ、あいつらに腹《はら》は立つけどさ。誰かが代わりになっても気分悪いだけでしょ」

人の痛みを理解《りかい》し、見て見ぬふりをしない。

そんな彼女が眩《まぶ》しくて、自分との差を痛感《つうかん》する。

直接注意することが無理でも、先生に大塚さんに対するいじめの相談をすることだってできたのに……。

『じゃあ、まずはショーコちゃんにとって特別な人ができるといいね』

『その人を大事にすることで、ショーコちゃんがその人にとって特別な存在《そんざい》になるんじゃないかな』

マスターの言葉がじわりと広がって、心に波紋《はもん》を描《えが》いていく。あの言葉を言われたときよりも、今の方が心に沁《し》みていく気がした。

「私に悪口を言ったり、体育のときにボールをぶつけてきたのは、あいつらでしょ。吉田さんじゃない」

「……けど、私は知ってて止めなかったんだよ」

「だとしても、誰が悪いかはされた私が一番わかってる」

羨望《せんぼう》と、湧《わ》き上《あ》がってくる惨《みじ》めで情《なさ》けない感情が入《い》り混《ま》じってぐちゃぐちゃになっていく。

絶対《ぜったい》に敵《かな》わない相手だからこそ憧れて、嫉妬《しっと》してしまう。私だったら、どうして止めてくれなかったのと思ってしまうのに。

私にこっそりと挨拶をしてくるあの子のことだってそうだ。声をかけてくれることは私にとっても救いのような部分がある。けれど、一緒になって悪口を言っているくせに、見えないところで懺悔《ざんげ》でもするように声をかけてくるのは、ずるいと思ってしまう。

それと同時に自分もずるい人間だったのだと思い知る。

きっと私も彼女の立場だったら、止めることなんてできない。大塚さんのときだって、なにもできなかったのだから。

「どうして、こんなことばかり起こるんだろうね」

大塚さんがため息まじりに呟《つぶや》いた直後、教室のドアが開かれた。ホームルームが始まったため、私たちの会話はそこで終わる。

同級生と楽しい時間を過《す》ごしていたはずの学校が、誰かの悪意によって変わっていく。気に入らないとか、誤解《ごかい》から生まれたすれ違《ちが》いとか、本当に些細《ささい》なきっかけから、私の世界は色が消えてしまったかのように輝《かがや》きを失った。

◆

放課後、気づいたらまたあの喫茶店《きっさてん》へと足が向かっていた。ここに来るときだけは、私の世界は色を取《と》り戻《もど》したかのように鮮《あざ》やかになる。

「ショーコちゃん、いらっしゃい」

乾《かわ》いたベルの音と共にマスターが優しい微笑《ほほえ》みで迎《むか》えてくれた。この笑《え》みを見ると不安定だった私の心が落ち着いていく。

「ショーコ、いらっしゃーい！」

「ラムちゃん、グラス持ち上げないの！　零《こぼ》れるでしょう」

明るい声で出迎《でむか》えてくれるラムさんは相変わらず自由奔放《ほんぽう》で、黒さんが慌《あわ》ててラムさんからお酒の入ったグラスを取り上げている。奥では皐月《さつき》くんがグラスを拭《ふ》いていた。

「こんにちは！」

学校にいるときは窮屈《きゆうくつ》で、息もしづらく感じていたのに、みんなに会うと一気に憂鬱《ゆううつ》が消し飛んで、自然と楽しい気持ちが溢《あふ》れてくる。

ラムさんの隣に座ると、マスターが私の前に珈琲《コーヒー》を置いてくれた。

「ありがとう」

この香《かお》りは私の心を穏《おだ》やかにしてくれる。ふわりと湯気が立ち上っている珈琲を飲みながら、昨夜観《み》たテレビの話を思い出した。

「夢ねぇ……」

みんなの夢が気になって訊《き》いてみると、頬杖《ほおづえ》をつきながらラムさんは考えているようだった。

「黒さんは、夢ってある？」

「私は……歌手になることが夢だったなぁ」

懐《なつ》かしそうに、そして寂しそうに話す黒さんの横顔は、ひどく辛そうに見えた。

黒さんの歌声は惹《ひ》きつけられる声質《せいしつ》で、すごくすごく素敵《すてき》だった。私が想いを伝えたときあんなに喜んでくれたのは、歌手になることが夢だったからなのだろうか。

「もう全部捨《す》ててしまったけどね」

「……捨てた？」

「うん。昔にね、全部投げ出しちゃったの」

私の問いかけに、黒さんは残り少ないオレンジジュースが入ったグラスを傾《かたむ》けながらおもむろに話し出した。


黒さんのお父さんは教師《きょうし》で、とても厳《きび》しい人だったそうだ。

『言う通りにしなさい』

それが黒さんのお父さんの口癖《くちぐせ》で、小学生の頃から家で勉強の時間を決められ、望まれた成果を出さなければ折檻《せっかん》を受ける。漫画《まんが》やアニメといった娯楽《ごらく》も禁止《きんし》されていたのだという。

そんな黒さんにとって唯一《ゆいいつ》の楽しみは、二人きりのときにお母さんが流してくれる音楽だった。ゆったりとしたテンポで透《す》き通《とお》るような綺麗《きれい》な曲、速いテンポで荒々《あらあら》しいエレキギターのサウンドが入り混じる激《はげ》しい曲。

どれも黒さんの心を強く揺《ゆ》さぶり、お父さんの威圧《いあつ》によって萎縮《いしゅく》していた心を癒《いや》してくれた。

その頃から歌手になる夢をひっそりと抱《いだ》いていたそうだ。

けれど家族に成功する確率《かくりつ》なんて低いのだからダメだと反対されて、黒さんは一般企《いっぱんき》業《ぎょう》に就職《しゅうしょく》した。

社会人になり一年が過ぎた頃、黒さんは家を出る許可《きょか》を両親からもらい、窮屈だった実家から離《はな》れることができた。自由を手に入れた黒さんは、諦《あきら》めきれなかった夢を追う決意をした。

働きながら平日の夜や休みの日に路上で弾《ひ》き語《がた》りをし始めると、自分と同じように弾き語りをしている男の人と出会ったそうだ。

その男の人——カナトさんは、右も左もわからなかった黒さんにライブハウスを紹介《しょうかい》してくれて、準備《じゅんび》なども手伝ってくれたらしい。そして出会って半年が経《た》った頃、二人は付き合い出した。

親から離れてやりたいことができる楽しさと、カナトさんという自分を見てくれる存在によって黒さんの心は少しずつ満たされていった。けれどカナトさんとの交際《こうさい》をお父さんが知れば、反対して強引《ごういん》にでも別れさせようとするだろうと恐《おそ》れて、交際のことは話せずにいたそうだ。

地道な活動だったけれど、少しずつ応援《おうえん》してくれるファンができてライブハウスで歌う機会も増《ふ》えてきた頃、黒さんの日常《にちじょう》が変わる出来事が起こった。

カナトさんには女性《じょせい》ファンが多かったため、黒さんとの交際は隠していたけれど、あるときライブ帰りに一緒にいるところを写真に撮《と》られてしまったそうだ。

それがSNSに流出してしまい、同じライブハウスを使っている出演者《しゅつえんしゃ》やファンたちに瞬《また》く間《ま》に広がっていった。

その後、黒さんは執拗《しつよう》な嫌がらせを受けるようになった。差し入れに脅迫文《きょうはくぶん》や生ごみ、刃物《はもの》などが紛《まぎ》れ込《こ》んでいることが多々あり、ついにはライブ中にブーイングまで起こってしまったらしい。それでもカナトさんは黒さんを守ろうと支えてくれていた。そのことが黒さんにとって、大きな心の救いだったという。

そんなある日のライブ終了後《しゅうりょう》。一人暮《ひとりぐ》らしをしている黒さんの家で、カナトさんと打ち上げをすることになった。カナトさんはコンビニに買い出しに行き、黒さんは簡単な準備のため先に家に向かうことになったそうだ。一人で家に帰った黒さんは、ドアの鍵《かぎ》を開けた瞬間《しゅんかん》、背後《はいご》から勢《いきお》いよく玄関《げんかん》の中に突《つ》き飛《と》ばされた。

振り返ると、カッターナイフを持った女性が充血《じゅうけつ》した目で黒さんを見下ろし、興奮《こうふん》気味に叫《さけ》びながら襲いかかってきたそうだ。

「怖《こわ》くてたまらなくて、叫《さけ》び声《ごえ》すら出なかったわ。必死に玄関にあった物やカバンを投げて抵抗《ていこう》して……」

黒さんが当時のことを思い出すように苦々しい表情《ひょうじょう》になった。いつも優しく微笑んでくれている黒さんからは想像《そうぞう》がつかないくらい辛そうで、指先を震《ふる》わせている。

「抵抗しながらも、その人の顔を確認してみたら、見覚えがあったの」

「その人、黒さんの知り合いだったの？」

「知り合い、というか見たことがあるくらいだったわ。カナトのバンドと同じライブに出るときによく見かけた子で、カナトの熱狂的《ねっきょうてき》なファンだったから出演者側では有名だったの。気に入らないファンをいきなり殴《なぐ》ったりするような危《あぶ》ない子だから気をつけてって」

その人はカナトさんに心酔《しんすい》していたらしい。自分が一番の理解者だと思《おも》い込《こ》み、カナトさんに女性が近づくことを許《ゆる》さなかった。彼女だということが知られてしまい、黒さんは完全な敵だと認識《にんしき》されてしまった。

「お前なんて二度とライブができなくなればいい。許せないって怒《おこ》っていたわ」

振り下ろしてくるカッターを止めるようにその人の腕《うで》を摑《つか》んで抵抗して、もみ合いになっているうちに二《に》の腕《うで》を切られたそうだ。傷自体は浅かったものの、痛みで黒さんの抵抗が弱まり、その女性が再びカッターを振り下ろそうとした。切られることを覚悟《かくご》したときに、玄関のドアが開いてカナトさんが帰ってきたそうだ。

「カナトが彼女を取《と》り押《お》さえて警察《けいさつ》に通報《つうほう》して、彼女は連れて行かれたわ。でも……」

怪我《けが》をした黒さんの姿《すがた》にショックを受けたのか、カナトさんはうわごとのように謝罪《しゃざい》をし続けていたらしい。その様子は痛々《いたいた》しく、黒さんがなにを言っても、彼《かれ》は以前のようには笑ってくれなくなったという。

苦しんでいる黒さんとカナトさんへ追い打ちをかけるようにSNSではこの事件《じけん》にまつわる根も葉もない噂《うわさ》や個人情報《こじんじょうほう》が流出していく。

卒業アルバムを晒されて、見た目を好き放題貶《けな》されていたそうだ。そして、一番キツかったのは、自分の一部になっていた歌を馬鹿にされたこと。

次第《しだい》に黒さんは心配して連絡《れんらく》をしてくる友人たちまで、誰も信用できなくなってしまったそうだ。

『言う通りにしなさい』

お父さんがずっと言い続けていた言葉が黒さんの頭を過り、自分は間違《まちが》っていたのかもしれないと思うようになったのだという。

「お父さんの言うことを聞いて、歌手の夢を諦めていたら……こんなことにはならなかったのかもしれない」

カナトさんの心を傷つけてしまったこと、見ず知らずの人たちに自分の歌を貶されて、幼《おさな》い頃に抱いた歌手への純粋《じゅんすい》な想いが壊《こわ》されていく。私が望んで選んだはずの幸せは、誰かを不幸にするだけだったと言って、黒さんが目を伏《ふ》せた。

「お前には失望した。……事件を知った父が私に最後に言った言葉よ」

事件をきっかけに黒さんが隠れて音楽活動をしていたことや、カナトさんと半同棲《はんどうせい》生活をしていたことを知ったお父さんからは拒絶《きょぜつ》され、その後一切連絡を取ってくれなくなったそうだ。

同時にカナトさんからも連絡が途絶《とだ》え、黒さんはひとりぼっちになってしまった。

唯一残ったのは、歌だった。それでも自分には歌があると、辛い気持ちを歌に変えようと決意した黒さんはギターを抱《かか》えて弾き語りを再開《さいかい》しようとした。

「でも、声が思うように出せなくなっていったの」

黒さんは喉元《のどもと》に手を添《そ》えて、苦しそうに眉《まゆ》を寄《よ》せた。普通《ふつう》に話せるのに、歌おうとするとカナトさんのファンに襲われたことや、心無い言葉の数々、お父さんの言葉を思い出して以前のように歌えなくなってしまったそうだ。

「歌うことが好きだったのに……、私の居場所《いばしょ》だったのに。人前で歌うことが怖くなって、私は自分の存在価値《かち》を失ったの」

それから、黒さんは夢を見ることを恐れ、諦めてしまった。

「――というのが、私が歌手になる夢を諦めた理由」

話し終えた黒さんは、静かに笑ってオレンジジュースをすべて飲《の》み干《ほ》した。

「暗くてつまらない話をしちゃってごめんなさいね」

無理やりに笑う黒さんをラムさんが片腕《かたうで》で引《ひ》き寄《よ》せて、あやすように頭を軽く撫《な》でる。


「辛かったな」


たった一言だった。

その一言が、張《は》りつめていた心を溶《と》かしたように、黒さんが大きな声を上げて子どものように涙《なみだ》を流した。

「……誰も信じられなくて、真っ暗な場所にいるみたいで、今でも思い出すと怖くてたまらないの」

長い間心の奥《おく》で必死にせき止めていた感情を吐《は》き出《だ》すように、普段《ふだん》の黒さんからは想像がつかないくらいの不安定な叫び声が響《ひび》きわたる。

黒さんの境遇《きょうぐう》は、少しだけ私と重なる部分があった。

ネットという場所に写真を晒されて、好き放題に叩《たた》かれるということ。されたことに傷つくのは、大人も子どもも関係ない。誰かに自分のことを悪く言われたら、傷つく。

ネットでは、名前も顔も明かしていない安全な場所から易々《やすやす》と人を傷つけ陥《おとしい》れることができる。そして、黒さんが夢を諦めてしまったように、言葉には時に人の心を刺したり壊したりする威力《いりょく》がある。

誰だって人から敵意《てきい》を向けられたら辛い。涙だって流すし、苦しくて逃《に》げ出《だ》したいときもある。誰かに寄《よ》り添《そ》ってもらいたくて、自分の味方になってもらいたい。

私は席を立って黒さんの右手を握《にぎ》りしめる。

「私は黒さんの味方だよ」

黒さんは目を大きく見開くと、顔を歪《ゆが》めて溜《た》まった涙をぽろぽろと流した。

人前で歌うことが怖くなってしまった黒さんが私のために歌ってくれたのは、もしかしたらすごく勇気のいることだったのかもしれない。

「私のために歌ってくれてありがとう。すごく嬉しかった」

私の言葉に応《こた》えるように黒さんは手を握り返してくれた。空いた方の手を喉元に添えて、困ったように微笑む。

「……私、結局歌を捨てられなかったみたい」

人は人を傷つけることもできれば、守ることだってできる。私には特別な力なんてないけれど、目の前の傷ついた黒さんを守りたいと心の底から思う。

「黒ちゃんの歌声はとても素敵だよ。いらない存在なんかじゃない。僕《ぼく》はそう思うよ」

マスターが空《から》になったグラスを取《と》り替《か》えて、新しいグラスに入ったオレンジジュースを黒さんに差し出した。

「……俺も、黒さんは価値のない人だなんて思わない。黒さんの歌、すごく綺麗だし……また歌ってほしいよ」

「みんな……ありがとう」

涙を浮《う》かべて鼻を真っ赤にしながら笑った黒さんは、いつもの印象とは違って、あどけなく見えた。今まで辛い思いをした黒さんが、これから笑顔《えがお》で過ごしていけますようにと私はそっと願う。

「ねえ、ショーコ」

席に戻《もど》ると隣のラムさんが頬杖をつきながら、こちらに顔を傾けた。

「あたしの夢、なんだと思う？」

「ラムさんの夢……？」

ラムさんは女性的な魅力《みりょく》もあるけれど、仕草や言動がかっこいいと感じることが多々ある。自分とはかけ離《はな》れた存在のラムさんの夢はまったく想像がつかない。

「あたしの夢はね、好きな人と結婚すること」

ラムさんが目を細めて、片方《かたほう》の口角をつり上げた。

「結婚……？」

「普通でびっくりした？　でもさ、案外そういうのって簡単《かんたん》に叶《かな》わなかったりするんだよ」

口調はいつも通り明るいけれど、ラムさんの言い方からおそらく、好きな人との結婚は〝叶わなかった〟ということが察せられた。

「ショーコがそんな顔すんなよー」

下を向いてしまった私の頭を撫でながら髪《かみ》をくしゃくしゃにしてくる。逃《に》げるように頭を動かして見上げると、横顔が切なげに見えて言葉が出なかった。

「でもまあ、恋《こい》ってさ、甘酸《あまず》っぱいだけじゃないんだよ」

ラムさんは眉を下げて微笑むと、お酒を飲み干したグラスを指先で軽く弾《はじ》く。ガラスに振動《しんどう》する少し高めの音が、寂しげに響《ひび》いた。

「苦くて残酷《ざんこく》なことだってたくさんある。たとえ叶っても、めでたしめでたしで終わらない。その先が必ずしも幸せとは限《かぎ》らないんだ」

「もしかして、相手が既婚者《きこんしゃ》だったとか？」

聞きづらかった言葉がさらりと聞こえてきた。目を見開いて声の主——皐月くんに視線を移《うつ》すと、彼は真剣《しんけん》な表情でラムさんを見つめている。

「いや、違うよ。未婚《みこん》。そんでもって、ちゃんと彼女として付き合ってた」

当時のことを思い出すようにラムさんは天井《てんじょう》を見上げながら、深く息を吐《は》いた。

「親友に寝取《ねと》られちゃったんだよ。しかも、そのまま妊娠《にんしん》が発覚！　で、二人は結婚したよ」

なんてこともないようなラムさんの口調は、まるで他人事《ひとごと》のようだった。先ほどラムさんが言ったように甘酸っぱくはない、苦くて残酷な現実《げんじつ》。

まだ結婚という言葉がピンとこない私の中では、それはまるでドラマの話みたいに感じられてしまう。

「ちょっと黙《だま》んないでよー、案外重たくてびっくりした？」

さすがの皐月くんもいつものような悪態《あくたい》を吐かずに眉間《みけん》にしわを寄せて、口を噤《つぐ》んでいる。

「もう終わったことだよ。当時は辛かったけどね。でも、あたしにとっての一番の復讐《ふくしゅう》をしちゃったからさ。もう……いいんだよ」

「復讐？」

「そ。恨みごとを言うでもなく、嫌がらせをするでもなく、ただ、消えてやったよ。縁《えん》を切ったんだ。さすがに今まで通りに仲よくするのは無理だったしさ。けど……今思えば相当酷《ひど》いことをしたよ」

　好きな人が、彼氏《かれし》が別の人と結婚する。しかも、相手は自分の親友。ラムさんは大事な人を二人も同時に失った。もしも同じことが自分に起きたとしたら、きっとラムさんみたいに明るく話すことはできない。

「それなのに今でも未練がましく二人のことを思い出したりしてさ。あっちは私のことなんて忘《わす》れて、もう幸せに暮らしているのかな……とかね？」

　笑みを浮かべていたラムさんの表情に影《かげ》が落ちた。マスターが空になったラムさんのグラスに琥珀色《こはくいろ》の液体《えきたい》を注《そそ》いでいく。

「ラムちゃんはその二人のことが今でも本当に大好きで大切で、嫌《きら》いになりたいのになれないんじゃないかな」

「そう、かもね」

「なにも言わずに姿を消したことを、ずっと後悔《こうかい》しているんだね」

マスターの言葉にラムさんが顔を上げる。目を丸くしているラムさんがマスターの微笑みを見て、すぐに口元を歪ませて不器用に笑った。

「あっちが先に裏切《うらぎ》ったのにね……馬鹿でしょ？」

初めてラムさんが泣きそうなくらい弱っているところを見た気がした。明るくてたくましいラムさんにだって、消化しきれない気持ちがある。どんな人にだって辛い過去《かこ》や苦しい経験《けいけん》があって、なにも抱えていない人なんていないのかもしれない。

「ラムさんは馬鹿なのが魅力なんじゃないの？　あとは明るいとことか、よく笑うとことかさ」

「皐月、あんたあたしのことめちゃくちゃ好きだろ。やだやだ、あたしは年下無理だから」

「魅力を打ち消すくらいの残念さがあるのが欠点だと思うよ」

ぶっきらぼうな口調だったけれど、皐月くんの話すラムさんの魅力は本心なんじゃないかと思う。ラムさん自身が自分のことを馬鹿だと思い、消化しきれない気持ちを抱えていても、それすらラムさんという人の魅力なのだ。

辛さを忘れずに持ったままの人だからこそ、黒さんや私たちに寄り添ってくれる。

「まあ、あたしの夢なんて黒さんに比《くら》べたら、小さいけどさ」

「ラムちゃん、夢に大きさなんてないんだよ。だから、比べるものじゃない」

マスターの言葉は優しくすっと溶けていくように心の奥にまで染《し》みわたる。

誰かと比べてしまうこともあるけれど、笑われていい夢も、人より劣《おと》っている夢もない。なにかに興味を持ち、目指すことが大切なのだとマスターが微笑む。

「それにね、夢はひとつじゃなくていいんだよ。時にはその夢を手放してしまうことがあるかもしれないけれど、いくらでも持っていていいんだ」

「……ありがと、マスター」

ラムさんが目にうっすらと涙を浮かべ、柔《やわ》らかな表情で微笑んだ。

今の私には、ラムさんたちみたいに夢と言えるものがない。昔は持っていたはずなのに、いつのまにか消えてしまった夢。

「私も……見つかるかな」

「ショーコちゃん、たとえこの先夢を見失っても、絶望《ぜつぼう》しないで。これからまだまだたくさんのものとの出会いを重ねていくうちに、再び夢を見つけることができるはずだよ」

マスターと目が合って、微笑みが連鎖《れんさ》する。不思議と今は想像できない未来への不安が消えていき、希望が差《さ》し込《こ》んだ気がした。

「うん。私も……見つけられるといいな」

いつか大事に育んでいきたいと思えるような夢に出会えたら、私の世界も違う色に染まっていくのだろうか。

「ショーコちゃん、もう帰る時間じゃないかな」

マスターに言われて時計を確認すると、時刻《じこく》は十八時を回っていた。

みんなに挨拶をして喫茶店を出る。予想通り西の空が夕日に染まり、東側は暗さを纏《まと》い始めていた。

夕暮《ゆうぐ》れは少し寂しくなってしまう。楽しかった時間があっというまに終わりを告げて、苦い現実に戻るからだろうか。

「ちょっと待って」

呼《よ》び止《と》められて振り返る。今日も皐月くんが見送ってくれるみたいだ。

「髪《かみ》の毛《け》ぼさぼさ」

さっきラムさんに撫でられたからだろう。慌てて自分の髪を整える。

「直った？」

「ん」

皐月くんは僅かに目を細めて頷《うなず》いた。向けられた優しげな表情にどきりとする。彼がこういう顔をするのは珍《めずら》しい。

なんとなくすぐには帰る気になれなくて、その場を動けずにいた。もう少しだけここにいたい。

「帰んないの？」

「夕日、綺麗だなって思って」

「本当だ。……空って綺麗だったんだな」

喫茶店のドアにもたれかかった皐月くんは会話に付き合ってくれるみたいだ。

「今まで意識《いしき》して見たことなかった。練習に必死で自分のことばっかで、余裕《よゆう》なかったんだろうな」

「練習？」

いつも喫茶店でバイトをしているみたいなので、部活をしていないのかと思っていた。けれど皐月くんの日に焼けた肌《はだ》は、なにかしら運動をしているからと言われれば納得《なっとく》だ。

「部活入ってるの？」

「サッカー部、だった。怪我してもうサッカーは無理だって言われて、大人になっても続けていくって夢を諦めた」

眉根《まゆね》を寄せて、辛い出来事を思い返しているように見えた。皐月くんも夢を諦めた一人なんだ。

「サッカーを辞《や》めて、今まで大事にしてきたものを全部奪《うば》われた気分になって、今すぐ消えたいって思った。……なにもかも、投げ出したかった」

現実から逃げたい、消えてしまいたいと思うのは、なにも私だけじゃない。強く見える皐月くんにだって、辛いことから顔を背《そむ》けたくなるときがあるんだ。

「でもさ、今日黒さんとラムさんの話を聞いて、自分だけが不幸だみたいな考えは違うって思い知らされた」

みんなそれぞれ辛いことを抱えながら生きていて、葛藤《かっとう》している。自分の痛みは感じることができても、人の痛みには触《ふ》れてみて初めて気づくことだってある。だからこそラムさんが言っていた「人の内側に触れる勇気」が必要なんだ。

「俺、最初に会ったときひどいこと言っただろ」

「……うん」

「暗い顔をしているのを見て、俺は自分の抱える問題よりもどうせ辛くないんだろって決めつけてた。本当、最低だよな。……ごめん」

大丈夫《だいじょうぶ》だと首を横に振る。あのときは腹が立ったけれど、今はもう皐月くんに対して嫌な気持ちはない。こうして話をするたびに皐月くんを知ることができて、印象が少しずつ塗《ぬ》り替《か》えられている。

それに私も同じだ。ここにたどり着いたとき、自分ばかりが辛いと思っていた。でも今は、空を眺《なが》める余裕があるくらい視野《しや》が広がって、自分だけが苦しいんじゃないって気づけるようになった。

「……俺も前を向かないといけないよな」

茜色《あかねいろ》が皐月くんの横顔を照らす。その熱く燃《も》える切なげな表情に、ふいに何故《なぜ》か、皐月くんが消えてしまいそうに見えて、咄嗟《とっさ》に彼の腕を掴んだ。

「私は……皐月くんに消えてほしくないよ」

「え？」

「もっと知りたいって思うし、いなくなったりしたら寂しい。考えるだけで嫌だよ」

掴んだ手に力が入る。いなくなっちゃ嫌だ。もっとたくさんの時間を一緒に過ごしてみたい。もっと皐月くんに近づきたい――。

喫茶店のみんなが私の心を溶かしてくれたみたいに。

「……それ、告白？」

「そ、そういうわけじゃ」

確《たし》かにまるで告白をしているみたいだ。自分の発言を思い返して、頬に熱が集まっていく。なんて恥《は》ずかしいことを言ってしまったんだろう。

「違うんだ」

「もしかして……からかってる？」

「半分。でも、ありがとう。そんな風に言ってもらったの、初めてだ」

あんまりにも優しく皐月くんが笑うから、胸がぎゅっと収縮《しゅうしゅく》した。苦しいのに嫌じゃない。温かくて照れくさい気持ちになって、掴んでいた彼の腕から手を離す。

「俺も、いなくならないでほしい」

「え……」

「ショーコが来てから、前よりも楽しい」

「ほ、本当？」

名前を呼《よ》ばれたのは初めてだった。それだけで彼と距離が縮《ちぢ》まり、私の存在を受け入れてもらえたような気がして嬉しくなる。

「それになんか放っておけない。すぐ自分追いつめそう」

「そ、そんなこと」

「だから」

今度は私が皐月くんに腕を掴まれる。そして、なにか言いたげにじっと見つめられた。

「皐月くん？」

「……なんでもない」

結局言葉の続きも、腕を摑まれた理由もわからないまま手が離れていく。

「サッカーだけじゃなくて、受験とかいろいろ考えなくちゃいけないよな」

「え！　皐月くんって年上なの？」

「そうだよ。ショーコの先輩《せんぱい》」

「え、もしかして同じ高校？」

「……絶対に捜《さが》すなよ」

まさか皐月くんが同じ高校の先輩だなんて思わなかった。学年が違うと関わることがほとんどないけれど、どこかで見たことある気がしたのは勘違いではなかったのだ。

「日が暮れる前に帰った方がいい」

言われて慌てて携帯《けいたい》電話を確認すると、十分くらい話し込んでしまっていたみたいだ。

「そろそろ帰るね」

「気をつけて。さよなら」

そういえば、どうして毎回皐月くんは〝さよなら〟って言うのだろう。またねとは言ってくれない。けれど私は次も会いたい気持ちを込めて、皐月くんに笑顔で「またね」と返した。

皐月くんは少し驚《おどろ》いたように目を見開くと、すぐに寂しげに微笑んで頷いてくれた。

頬の熱さを感じながら坂道を下っていく。

人と関わるのがいつも少し怖かった。気づかない間に壁《かべ》をつくって距離を置いていたのに、誰かに自分を特別に思ってもらいたいと願ってしまっていた。

まずは自分にとって特別な存在ができるといいね、とマスターが言っていたのを思い出す。

いつのまにかそれは叶っていたんだ。あの喫茶店の人たちが大好きで、大切で特別になっている。

色褪《いろあ》せていた私の日常が、喫茶店での出会いによって優しく色づいていく。夕日の注がれた町の風景がいつもよりキラキラと輝いているように見えた。

今年ももう少ししたら、坂の下にある神社で秋祭りが開催《かいさい》される。駅周辺に真っ赤な提灯《ちょうちん》がつけられて、この夕焼け空のように町が赤く染まるのだ。

太鼓《たいこ》の音と、お神輿《みこし》を担《かつ》ぐ掛《か》け声《ごえ》が家の中にいても聞こえてくるくらい賑《にぎ》やかで、子どもの頃は夕方になると浴衣《ゆかた》を着せてもらってお祭りに行っていた。ずらりと並《なら》ぶ露店《ろてん》には、ジャンケンで勝つとふたつもらえるあんずあめや、醤油《しょうゆ》の香《こう》ばしい匂《にお》いがするイカ焼き、かき氷シロップでカラフルに色づけられたカチワリも売っていた。

懐かしい日々に想いを馳《は》せる。喫茶店の人たちは誘《さそ》ったら来てくれるだろうか。それとももう大人のあの人たちはお祭りに興味なんてないかもしれない。皐月くんは年齢《ねんれい》があまり変わらないけれど、そういった行事に参加していそうには思えないし。けれど、誘うだけ誘ってみるのもいいかもしれない。

そんなことを考えながら、軽い足取りで坂道を下った。

◆

家に帰り、クローゼットの中にしまっている白い箱を取り出した。この箱を開くのは、いつぶりだろう。

喫茶店で夢の話をしていて、小学校の卒業文集のテーマが〝夢〟だったことを思い出し、自分がなにを書いていたのか気になったのだ。

懐かしいおもちゃや手紙、シール帳などを箱の外に出していく。箱の奥の方に眠っていた淡《あわ》い水色の文集を見つけて引っ張り出した。

久《ひさ》しぶりに目にした表紙は懐かしい。大きな筆文字で『卒業文集』と書いてある。確かこれは書道が得意な先生が書いた字だったはず。

パラパラとページを捲《めく》って、ちょうど真ん中あたりから六年三組のページが始まる。久しぶりに見る名前ばかりでほんの少し頬が緩む。小学校の頃は今よりももっと人との距離が近かったなと思う。

丸くて大きな字で澤口《さわぐち》祥子《しょうこ》と書かれているページで手を止めた。今では「吉田」に慣《な》れつつあるけれど、やっぱり澤口の方が呼ばれ慣れている。

一行目に綴《つづ》られていたのは『私の夢は、美味《おい》しいご飯を作って人を笑顔にすることです』という文章だった。

懐かしい記憶《きおく》が脳裏《のうり》をちらつく。あの頃、週末にお母さんとご飯を作ることが楽しかった。

いつのまにかやめてしまったけれど、小学生の私は自分の作ったご飯でお母さんが笑顔になってくれるのが嬉しくてたまらなかった。それなのに、もうキッチンに立って一緒にご飯を作ることはほとんどない。

箱の中には文集以外に一冊《さつ》の児童書もしまってあった。シュガー姫《ひめ》がお城《しろ》の人や町の人たちからたくさんのレシピを教えてもらって、料理の勉強をして、大好きな王子様にごちそうを披露《ひろう》する物語だ。

小学生の頃はこの本が大好きで何度も読んでいた。シュガー姫がたくさんの出会いをし、次は誰にどんなレシピを教えてもらえるのだろうとワクワクして、王子様に料理を振る舞《ま》うときには一緒にドキドキして、最後にシュガー姫と王子様が幸せそうに笑っているシーンがお気に入りだった。

私はこの大事な思い出や夢を、ずっと箱の中にしまい込んで、すっかり忘れてしまっていた。

この頃の私にはこんなに温かな夢があったんだ。

◆

今日は特に大きな出来事もなく学校での一日が過ぎていった。

それでも彼女たちからこそこそとなにかを言われているのはわかっている。精神的にくるものはあるけれど、ずっと気にしていても仕方ない。なるべく接触《せっしょく》を避《さ》けて、少しでも穏やかに過ごせるように心がけた。

掃除《そうじ》当番の作業が終わり、帰《かえ》り支度《じたく》をして廊下《ろうか》を歩いていると、数学のノートを提出《ていしゅつ》し忘れていたことを思い出した。期限《きげん》は今日までなので明日に回すことはできない。本当ならすぐにでも学校を出たかったけれど、職員室《しょくいんしつ》に寄らなければならなくなってしまった。

一度教室へ戻り、数学のノートを机から抜《ぬ》き取《と》ると、二階にある職員室へ向かうために階段《かいだん》を下っていく。

「え、お前も見た？」

「見た見た！　裏掲示板だろ？」

裏掲示板という言葉が聞こえてきて、足を止める。曲がり角のあたりで複数《ふくすう》の男子生徒たちが話《はな》し込《こ》んでいた。

「あれ、やっべーよなぁ！」

「つーか、お前の彼女なんじゃねぇの？」

「ちげーよ！」

焦《あせ》りを含《ふく》んだように吐き出された言葉。こちら側に背《せ》を向けているため顔は見えないけれど、聞き覚えのある声に胃が重くなるのを感じて、お腹のあたりをぎゅっと摑んだ。

「でも、仲いいんだろー？」

「吉田とは一年のとき同じクラスでよく喋《しゃべ》ってたけど……あれは偶然《ぐうぜん》会っただけだから！　付き合ってるとか、まじでないって」

「必死すぎるのが逆《ぎゃく》にあやしい！」

「だから！　俺、吉田のことまったく好きじゃねーし！　アイツ無理！」

聞きたくなかった。この声は確実《かくじつ》に市川《いちかわ》くんで、裏掲示板に載《の》せられた写真の件《けん》を友達にからかわれているのだろう。

今まで笑顔で気さくに接してくれていた市川くん像《ぞう》が、私の中で黒く塗《ぬ》りつぶされていく。ずっとそんな風に思っていたのだろうか。それとも裏掲示板がきっかけで嫌がられてしまったのか。

虚《むな》しいくらいに私の心が急激《きゅうげき》に冷えていった。

「まあ、さすがにあれは引くわ。あの変顔の画像とか」

「確かに、すっげー顔してたよな！　笑えるんだけど。キモイ」

「しかも、裏掲示板にあれだけ書かれるってことは、まじで性格《せいかく》悪いんだろうな」

「あー、俺もそう思った。最近クラスでもハブられて浮いてるし」

笑い声が淀《よど》んで聞こえてくる。

私は笑える存在なんだ。無理だとかキモイとか書かれることはあったけど、無関係の人から直接悪口を聞くのは初めてだった。学校の人たちは誰が書いたのかわからないような裏掲示板の言葉を鵜呑《うの》みにしてしまう。

指先がピクリと震えて、それを隠すように拳《こぶし》をつくる。

皮肉にも逆の立場に立って、自分たちがしていた何気ない会話が誰かを苦しめていたのだということを痛感する。

私もこれまでは向こう側にいたから、陰口《かげぐち》はいいものじゃないってわかっていても、言われている側の気持ちを本当の意味で理解できていなかった。

彼らは過去の私だ——そう思うと、不思議と強張っていた身体《からだ》から力が抜《ぬ》けていく。

さっきまでここを通るか悩《なや》んでいたけれど、ようやく答えが出た。

視線を感じたのか、男子生徒の一人と目が合う。どうやら私の存在に気づいたようだ。

小声で「やべぇっ、吉田！」と言って、周りの男子を軽く叩いている。本人たちは聞かれていないと思っているのかもしれないけれど、すべて筒抜《つつぬ》けだ。

すぐに五人分の視線が向けられた。それでも私は冷静であるように努めた。

愛想笑《あいそわら》いも、泣きそうな顔もしてやるもんか。そんな表情絶対に見せたくない。すべての感情を必死に押《お》し隠《かく》す。

「……吉田、あの」

市川くんが焦ったような表情で気まずそうに私の名前を呼んだ。

彼のことは友達として好きだったけれど、噂や周りからの評価《ひょうか》に簡単に流されるような仲だったのだと割《わ》り切《き》るしかない。

――時には逃げたっていいよ。

私は市川くんの呼びかけになにも答えず、きびすを返して下りかけた階段を再び上った。

ラムさんが教えてくれた。

立ち向かう勇気を無理に持たなくたっていい。時には逃げたっていいんだって。

今のこの瞬間、彼らに怒って言い返したり、堂々と目の前を通過《つうか》する選択肢《せんたくし》だってあったけれど、あの場から逃げて自分を守ることだって必要なときがある。

彼らの声が聞こえない場所まで行って、私は壁にもたれかかった。

「……っ」

心臓《しんぞう》がバクバクとして、呼吸《こきゅう》が浅い。自分を守るように、震える手で腕を抱きしめる。

ショックだった。聞きたくなかった。でも彼らの言葉に傷ついている私を見られるのはもっと悔《くや》しくて嫌だった。

人前で一切弱気なところを見せず、泣かなかった大塚さんも、こんな風に耐《た》えていたのだろうか。

心を十分落ち着かせてから、遠回りをして目的地の職員室へと向かった。

職員室の前に着くと、極力音を立てないようにそっとドアを横にスライドさせる。教室と同じドアのはずなのに、職員室は静かだからか、開けるのに緊張《きんちょう》した。

まだ教室で生徒と掃除をやっている先生もいるのか空席が多い。担任《たんにん》の先生は既に職員室に戻っていて、ノートを確認中のようだった。私は担任の元に歩《あゆ》み寄《よ》り、カバンから出した数学のノートを手渡《てわた》す。

「先生、これお願いします」

「はい、お預《あず》かりします」

私のクラスの担任は、優しげで朗《ほが》らかな雰囲気《ふんいき》を持つ女性の藤本《ふじもと》先生だ。先生の中では若《わか》くて、あまり声を張《は》って怒ったりせず、よく笑う人。黒髪《くろかみ》を綺麗に後ろに束ねていて、清楚《せいそ》な薄《うす》い水色のワイシャツを第一ボタンまできちんと留《と》めている。

ジャージ姿の先生や、若い先生だと露出《ろしゅつ》の高めな人もいるけれど、藤本先生は模範《もはん》的《てき》な格好《かっこう》をしていて保護者《ほごしゃ》たちからも受けがいいみたいだった。それに誰にでも気さくに話しかけるからか、生徒にも好かれている。

「吉田さん、提出っと」

名簿《めいぼ》の私の欄《らん》に黒い丸がつけられる。藤本先生はこれでほとんどの生徒が提出だと安堵したように微笑んだ。

「じゃあ、失礼します」

「あ！　ねえ、吉田さん。……少しだけ話をしたいんだけれど、いいかしら」

帰ろうと足を一歩動かしたところで呼び止められて、再び藤本先生に向き直る。その表情が真剣だったので、断《ことわ》りづらく、黙って頷くことにした。

藤本先生は私の反応にキャスター付きの椅子《いす》をくるりと半回転させて、向かい合うようにしてくる。そして、少し言いづらそうに間を置いてから、不安げな上目遣《うわめづか》いで私を見つめた。

「最近、学校は楽しい？」

「え？」

「こういうことは、あんまり口を出さない方がいいのかもしれないけれど……」

藤本先生からの質問に面食らった。けれどすぐにあのことだとわかり、表情を無にする。担任なのでさすがに気づかれていたみたいだ。

「喧嘩《けんか》、しているのよね？」

「え……いや、喧嘩っていうか」

「わかってるわ。吉田さんはあの子たちとちょっと喧嘩しているだけだって。だって今まで仲がよかったものね」

藤本先生にはあれが喧嘩に見えているようだった。この先生は、話せばわかってくれるだろうか。仲違《なかたが》いしていることには気づいてくれたので、もしかしたら私の話も親身になって聞いてくれるかもしれない。

「あの、先生」

だけど、いざとなると話すのは怖い。どう受け取られて、どんな眼差《まなざ》しを向けられるのか想像するだけで逃げ出したくなる。いじめを受けているなんて、自ら言いたくもない。

けれど今、自分の状況《じょうきょう》をきちんと話さなければ、このまま変われない気がした。

緊張で吐いた息が微《かす》かに震えた。爪《つめ》が食《く》い込《こ》むくらい手を握りしめる。

「私の話、聞いてくれますか」

「ええ、もちろんよ」

優しげに微笑んでくれる藤本先生に、肩《かた》に入った力がほんの少しだけ抜けていく。

私は七月に起こったコンビニでのことが学校の裏掲示板に載せられたこと、彼女たちに無視《むし》をされ始めて悪口を書かれていること、私があげたぬいぐるみが引《ひ》き裂《さ》かれて机の中に入れられていたこと、昔一緒に撮った変顔の写真を裏掲示板に載せられたことなどを話した。

話し終えると、藤本先生は眉を下げてため息を吐き出した。

その様子に無性《むしょう》に不安に駆《か》られて、話さない方がよかったのではないかと怖くなってくる。やっぱり自分の担当《たんとう》クラスでこういう問題が起こるのは、先生にとって嫌なことなのだろうか。

「吉田さん。今の話、本当？」

「……はい。そうです」

「それと、その変顔の写真はもう消されているのよね？」

「消されています」

藤本先生は私の手を握りしめ、口角を上げて目を細める。突然《とつぜん》手を握られ、反射的《はんしゃてき》に引こうとするが、強い力で摑まれているため離れることは敵わなかった。

「このことは誰にも言っちゃダメよ」

「え……どうしてですか？」

「他人が割《わ》り込《こ》むと、どんどん関係が悪くなって仲直りしにくくなっちゃうからね」

私は耳を疑《うたが》った。藤本先生の言葉に、開きかけていた心が少しずつ閉《と》じていく。

「大丈夫、心配しないで。先生も吉田さんくらいのとき、友達と喧嘩して何日か話さないこともあったわ。だけどすぐに仲直りできるはずよ」

どうして仲直りすることが前提《ぜんてい》なのだろう。

話し合って謝《あやま》れば元通り、なんて誰もができるわけではない。わかり合えない人だっている。まだ十七歳《さい》の私でもそれくらいわかっている。

『みんな仲よし』なんて、幻想《げんそう》だということくらい――。

「それにね、まだ彼女たちが犯人《はんにん》と決まったわけじゃないでしょう？」

この人はなにを言っているのだろう。それとも私がおかしいの？

「友達を疑うようなこと、吉田さんにはしてほしくないな」

「でも」

「本当にその掲示板に書かれている悪口は吉田さんのことなのかな」

感じるのは笑顔の圧力《あつりょく》。

家の人や学校の人たちに広めないで。面倒《めんどう》ごとを起こされるのは嫌。

そう言われているような気がして、胃のあたりが高温で焼かれているような苦しさに襲われる。

「あまり自分を追《お》いつめないで？」

この人は私の話を聞いただけで、受け入れる気はない。

「もしかしたら、吉田さんじゃないかもしれないじゃない。ね？」

ただ問題を大きくしてほしくないと思っているだけだ。友達を疑うなと言われても現実問題、無視をされている。あの写真だって持っているのは私と彼女たちだけだ。文面だけなら吉田なんて名字は他にもいるけど、写真まで載せられているのだから私以外ありえないのに。

すべて私の勘違《かんちが》いだって言わせたいの？

胸が押《お》しつぶされそうなほど苦しい。この人の目に、私なんて映《うつ》っていなかった。

『あなたの夢はなんですか？』

ふと先日観たテレビ番組を思い出す。藤本先生はなにを夢見《ゆめみ》ながら教師をしているのだろう。

「先生の夢はなんですか」

私の問いに僅かに目を見開いた先生が、やっと手を解放《かいほう》してくれた。圧迫《あっぱく》されていた手をもう片方の手で守るように覆いながら、じっと先生のことを見つめる。

「夢、ね。……そうね、クラスのみんなが仲よく卒業することよ」

いつもの朗らかな温かい笑みだった。その笑みにつられるように私も口元で弧《こ》を描き、頬を上げる。

「先生は、すごく生徒想いなんですね」

一方通行で、押《お》しつけがましいくらいに――。

私の言葉に藤本先生がすごく嬉しそうに「ありがとう」と返してきた。

「……私、そろそろ帰ります。失礼します」

「ええ、気をつけてね」

これ以上先生と話をしていたくなくて、逃げるように職員室を出た。

話したことは本当で、勘違いなんかじゃないのに、なにも伝わらなかった。

ドラマや漫画で見るいじめみたいに、私は痛めつけられているわけじゃない。けれど、仲のよかった友達に無視をされたり陰口を言われたり指を差して笑われたりして、私の心はずっと痛めつけられていた。わかってくれるのではないかと一瞬《いっしゅん》だけ気を許した先生に、まるで脅迫のように事実を捻《ね》じ曲《ま》げられたことは耐えがたい苦痛《くつう》だった。

こんな思いをするのなら、話さなければよかった。物語の中のように、現実には都合よく助けなど現《あらわ》れず、厳しい現実が突きつけられる。

学校を出て、無我夢中《むがむちゅう》で走った。もうなにもかもが嫌だった。全部投げ出してしまいたい。

「……っ」

涙が溢れそうになり、眉間に力を入れて歯を食いしばり耐《た》える。

……私は馬鹿だ。私たちの変化に気づいていたのに、今まで放置していたような先生にどうして期待して話してしまったんだろう。

今まで言えなかった思いを口にすることは大事なことだとしても、相手をよく見て打ち明けるべきだった。

藤本先生にとって私の問題は面倒ごとでしかなくて、話なんて最初から聞く気がなかったんだ。

「あ、れ……」

息が苦しくなって立ち止まると、いつのまにか坂の前まで来ていた。無意識《むいしき》にあの場所に向かおうとしていたみたいだ。走りすぎたからか足が重たいけれど、喫茶店の人たちに会いたくて坂を登っていく。

会いたい。早く皐月くんやラムさん、黒さんやマスターたちと話がしたい。そして、あの温かくて優しい珈琲が飲みたい。

足が疲《つか》れてきてだんだん上がらなくなってくるけれど、必死に前へと動かす。肺《はい》あたりが苦しくて、乾いた呼吸を繰《く》り返《かえ》していると喉《のど》が痛くなってくる。

それでも息を切らしながら坂を駆け上がった。

見えてきた景色に足を止めて、流れる風を全身に感じながら息を整える。この景色がいつのまにか好きになっていた。あの人たちに、また会えるからだ。

喫茶店の前には、箒《ほうき》を持って掃除をしている皐月くんがいた。

引き寄せられるように足を進めると、顔を上げた皐月くんと目が合う。彼が私を見てくれたことに、どうしようもなく泣きそうになった。

「今日、遅《おそ》かったな」

「……ちょっと、職員室に寄っていたから」

まるで待っていてくれたような皐月くんの言葉に、ぐちゃぐちゃに入《い》り乱《みだ》れていた感情が落ち着きを取り戻していく。

最初に会ったときと比べて棘《とげ》がなくなって、優しい声音《こわね》で話してくれることが嬉しい。

「なあ」

中に入ろうとしたところで、急に私の腕に皐月くんの手が伸《の》びてきた。来たばかりだというのに、引き止めるかのようだった。

「なんかあった？」

「え、どうして？」

「元気ない気がする」

「……そうかな」

早くここに来たいと思って走ったから疲れているというのもある。けれど一番の原因《げんいん》は学校での出来事だ。話すか迷《まよ》っていると、皐月くんが私の頭を指差す。

「また髪くしゃくしゃ」

「え！　……どのへん？」

「じっとしてて」

腕を摑んでいた手が上がっていき、私の髪をそっと整えてくれる。

髪の毛を整える余裕すらないくらい私の心は追いつめられていたみたいだ。けれど、この喫茶店にたどり着いて皐月くんと話をしたおかげで、だんだんと落ち着きを取り戻していく。

「ん、直った」

「ありがとう」

直してもらった髪に触れて、ほんの少しくすぐったさを覚える。

「中、入らねぇの？」

喫茶店の扉《とびら》を開けて、皐月くんは私が入るのを待ってくれていた。

最初は帰れと言われて扉を閉《し》められたのに、それと比べたらずいぶん扱《あつか》いが変わったものだと苦笑しながら中に入ると、いつものメンバーが揃《そろ》っていた。

「こんにちは！」

ラムさんの隣のカウンター席に座る。いつのまにかここが私の定位置のようになっていた。

ラムさんと黒さんと談笑《だんしょう》していると、香ばしくてほろ苦い匂いが漂《ただよ》い、視線を上げる。マスターが私の目の前に淹《い》れたての珈琲を差し出してくれた。

「なにかあったんだね」

「え……」

マスターの言葉に表情を強張らせる。まだなにも話していないのにどうして気づかれたのだろう。

隣にいるラムさんが頬杖をついて私の顔を覗《のぞ》き込《こ》んできた。

「ショーコを見ていればわかるよ」

特に隠すつもりはなかったけれど、私の些細な変化は喫茶店の人たちにはお見通しのようだ。

なにから話そう。どう伝えればいいのかな。

私のことを陰で笑っていた市川くんたちのこと。勇気を出して打ち明けても都合よく真実を変えようとしてきた藤本先生のこと。悲しくて悔しくて、抱えきれない思いで逃げ出すようにここに来たこと。

「あのね……」

言葉に詰《つ》まりながら今日あったことをひとつひとつ話していく。ラムさんも黒さんも、マスターも皐月くんも真剣に聞いてくれていた。

「先生に言わなきゃよかった……っ。でも話さずに誤魔化《ごまか》しても、なにも変わらない気がしたし、ちょっとだけ、期待しちゃったんだ」

テーブルの上で握りしめていた手にラムさんの手が重なり、ぎゅっと力強く握られた。

「すっごくムカつく」

「え……？」

「男子もムカつくけど、特にその先生だよ。ショーコが頑張《がんば》って話したのに」

「ラムさん……――ありがとう」

私の話を聞いて、味方をしてくれる人がいる。それだけで、なんだか傷ついた心が救われる思いだった。

先生に対して失望しただけではなく、湧き上がっていた怒りがゆっくりと和《やわ》らいでいく。

「正直な話、勇気を出して話しても、先生みたいに伝わらない人はいると思うの。でもね、大事なのは、ショーコちゃんが先生や私たちに、今まで閉《と》じ込《こ》めていた自分の気持ちを話せたことなんじゃないかな」

黒さんはラムさんの隣から顔を出して、励《はげ》ますように微笑んでくれた。

「だってここに来たばかりのショーコちゃんだったら、誰かに伝えることすら諦めて、自分の中に溜《た》め込《こ》んで苦しんでいたと思うよ」

「……そう、かも」

前の私だったら、伝える勇気すらなかったかもしれない。誰にも言えずにただ耐えて、現状《げんじょう》を変える努力もしなかった。

先生には伝わらなかったけれど、みんなに話したことで苦しかった気持ちは少しずつほどけている。私の行動は自分で自分を変えるきっかけに繋がったのかな。

「頑張ったな」

皐月くんの言葉に涙がじわりと滲《にじ》んでいく。悲しい涙や悔しい涙じゃない。みんなが私の話を聞いてくれて、私の気持ちを理解してくれたのが嬉しくて溢れた涙だ。

「私っ……このままじゃ嫌だ」

裏掲示板に書かれたことを気にして、友達の視線や陰口に傷ついて、憂鬱な毎日を繰り返している。なにもせずにいたら、この日々がずっと続くかもしれない。

「ショーコちゃんは、どうしたい？」

マスターが優しい声音で私に問いかけた。その言葉に私は自分がどうしたいのかを改めて考える。

「友達と……話がしたい」

誤解がきっかけで私をいじめる側に回ってしまった友達と、本当はちゃんと話がしたかった。裏掲示板越《ご》しに知る言葉なんかじゃなくて、彼女たちの気持ちを言葉で聞いてみたい。

「無視されるかもしれないし、伝わらないかもしれないけれど……」

「また傷つくかもしれなくても、ショーコは一歩踏《ふ》み出《だ》したいんだね」

ラムさんの言葉に小さく頷く。自分に対して悪意を持っている相手と話すのは怖いけれど、このまま向こうが飽《あ》きるのを待っていてもなんの解決《かいけつ》にもならない。

「……自分の言葉で伝える努力をしてみる」

先生のときみたいに伝わらないかもしれない。

でも、誤解だったことや間違っていると思っていることときちんと向き合いたい。そうしないと私は前に進めない。

私の決意に喫茶店のみんなは頑張れと言って応援してくれた。不安な気持ちもあるけれど、みんながいてくれることが、私には心強かった。

四章　変わりたい一歩

今日も教室の居心地《いごこち》は変わらない。彼女《かのじょ》たちは相変わらず私《わたし》のことを見て、こそこそとなにかを言っている。

話をしようと決意したものの、どのタイミングで声をかけるべきなのかわからなかった。クラスメイトたちがたくさんいる教室で話しかけてもきっと無視《むし》される。ブロックされていないのなら、事前に携帯《けいたい》電話で連絡《れんらく》を入れて待ち合わせたりする方がいいのかもしれない。けれど来てくれるだろうか……。

椅子《いす》を引く音が聞こえて振《ふ》り向《む》くと、大塚《おおつか》さんが隣《となり》の席に座《すわ》ったところだった。

「お、おはよう！」

挨拶《あいさつ》をするのに緊張《きんちょう》して、声が裏返《うらがえ》ってしまった。心臓《しんぞう》がバクバクして顔に熱が集まってくるのがわかる。

大塚さんはきょとんとした顔で私を見ると、すぐに微笑《ほほえ》んで挨拶を返してくれた。

「おはよう、吉田《よしだ》さん」

誰《だれ》とも会話をすることがなかった私のモノクロの日常《にちじょう》が、たった一言交《か》わしただけでほんのりと色づいたように感じる。

前だったら声をかけたくても躊躇《ためら》って、結局挨拶すらできなかった。でも言ってみてよかった。些細《ささい》なことだけど、勇気を出してよかった——。

急にいろんなことを変えるのは難《むずか》しいだろうけれど、暗い気持ちで俯《うつむ》いていた自分を変えていくために、一歩ずつ進んでいこう。


昼休み、私はトイレの個室《こしつ》で携帯電話を握《にぎ》りしめながらあれこれと悩《なや》んでいた。話がしたいって連絡するべきか。それとも直接《ちょくせつ》話しかけて、無視されても自分の気持ちを伝える方がいいか。時々挨拶を交わすあの子なら、そのまま聞いてくれるかもしれない。

そんなことを考えていると、トイレに集団《しゅうだん》で入ってくる音が響いた。

「ねーねー、アレ今週はどう？」

聞こえてきた声に嫌《いや》な汗《あせ》が手に滲《にじ》む。心臓が大きく脈を打ち、身体《からだ》が強張《こわば》った。

「あー、誰にも見られずに声かけることが何回できるかゲーム？」

「あれまじウケるよねー！　本人遊びだって気づいてないし」

この話し声は間違《まちが》いなく彼女たちだ。突然《とつぜん》のことに動揺《どうよう》してしまったけれど、もしかしたらこれはチャンスかもしれない。今出て行けば直接話ができる。

「今週はねー、三回かな？」

「先週の方が多かったじゃん」

「だって朝かぶらない限《かぎ》り吉田と会わないし」

私は「ひゅっ」と息を飲んだ。

誰にも見られずに声をかけることが何回できるかゲームの対象は――――私だ。

そして、それを行っていたのは私にこっそり話しかけていたあの子だった。人目を忍《しの》ぶように話しかけてくる彼女の姿《すがた》を思い出して、苦い感情《かんじょう》が広がっていく。あれは全部、遊びだったんだ。

「はいじゃー、今週はシェイク奢《おご》ってね～」

「えー、まだ可能性《かのうせい》残ってるじゃん！」

なにも知らずに声をかけてもらえたことに救われたと思っていたなんて馬鹿《ばか》だ。くだらない遊びの道具にされて笑われていただけ。悔《くや》しくて唇《くちびる》をきつく噛《か》みしめる。

いっそのことドアを開けて飛び出そうかと思った。けれど、とてもまともに話せる精神《せいしん》状態《じょうたい》ではなかった。

うっすらと目に溜《た》まった涙《なみだ》を拭《ぬぐ》い、息を吸《す》って、吐《は》いて、気持ちを落ち着かせていく。教室に戻《もど》るまでには涙を止めないと……。

錆《さ》びついた金具の音が聞こえてくる。どうやら隣の個室が開いたようで、ドアが個室の壁《かべ》に勢《いきお》いよく当たった。その振動《しんどう》に私の肩《かた》が跳《は》ねる。

「……こっち見てんじゃねぇよ」

彼女たちの苛立《いらだ》っているような声がした。個室から出てきた相手に言っているのだろうか。誰なのかわからず、聞き耳を立ててしまう。

「相変わらず最低だなって思って」

口元に手を当てて漏《も》れそうになる言葉を飲《の》み込《こ》む。聞こえてきた声は大塚さんのものだった。

「はあ？　なんなの、あんた」

「仲よかったのに、すぐ裏切《うらぎ》るんだね」

「裏切ったのはあっちだから。嘘《うそ》ついて私らの約束断《ことわ》って、男子といたんだよ。悪いのは向こうじゃん」

やっぱり誤解《ごかい》している。私が嘘をついて市川《いちかわ》くんと会っていたって思っているんだ。

「なにそれ、ちっさ。それだけで、仲間はずれにして裏掲示板《うらけいじばん》にあんな画像載《がぞうの》せるの？」

「関係ないくせに口出すなよ！」

「だいたいさ、事情《じじょう》とか聞いたの？　吉田さんって、友達裏切って男の方取るような子なの？」

どうして大塚さんは、私なんかのためにそんなことを言ってくれるんだろう。

「こっちには証拠《しょうこ》の画像だってあるんだよ。……ほら！」

「……ただコンビニの前で立ち話してる画像じゃん。まさか証拠ってそれだけ？」

どうして、私は自分のことなのになにも言えないんだろう。こんな自分が心底嫌になる。

「あんたまたいじめられたいわけ？」

「へえ、いじめてた自覚あったんだ。びっくり。嫌がらせが趣味《しゅみ》なのかと思ってたよ」

「コイツ、やっぱ調子乗っててムカつくんだけど」

「祥子《しょうこ》飽《あ》きたし、またあんたのこといじめてやろっか」

状況《じょうきょう》を見ていなくても、かなり不穏《ふおん》な空気になっているのが会話と声音《こわね》から伝わってくる。

「他人のことを好き放題あんなところに書くって楽でいいよね」

「はあ？」

「書かれている側の気持ちなんて考えずに、鬱憤《うっぷん》晴らせてよかったね。名前を隠《かく》して、卑《ひ》怯《きょう》なことして自分たちは安全な場所で笑ってんだ。かわいそうな人たち」

どうしよう。このままだとまた大塚さんが嫌な目に遭《あ》わされてしまう。

「ふざけんなよ」

その声が聞こえた直後、床《ゆか》になにかが落ちたような鈍《にぶ》い音がした。

「っ、なにすんの」

「あんたさぁ、マジでうざいから。かわいそうなのは、誰にも庇《かば》ってもらえないぼっちのあんたじゃん」

大塚さんを蔑《さげす》むような笑い声と、いつも私のことを笑ってくる声が重なり、胃のあたりに不快感《ふかいかん》が広がる。三対一では大塚さんが圧倒的《あっとうてき》に不利だと頭ではわかっているのに、怖《こわ》くて動くことができない。

「友達全員いなくなっちゃったもんね。かわいそー。学校に来る意味あんの？」

「いじめなんてしている人よりはマシだよ」

「あのさぁ、そういうとこが嫌《きら》われるってわかってないの？　あんた、人のこと見下してるでしょ」

彼女たちは誰も写真を撮《と》られた日の事情なんて聞いてくれなかった。話しかけても私をいないものとして扱《あつか》って無視をして、裏掲示板に好き放題書いていた。先生だって問題を大きくするなと目を逸《そ》らした。

そんな中、大塚さんだけが真っ向から彼女たちに言ってくれた。

――このままで本当にいいの？

今ここで彼女を助けられるのは私だけだ。わかっているのに手が震《ふる》えて鍵《かぎ》を開けることすらままならない。外からはなにかをぶつける音が聞こえ、小さく大塚さんの悲鳴も聞こえる。耳を塞ぎたい。なにも見なかったことにしてうずくまっていたい。

だけど、それはもうやめると決めた。

私は〝あの人たち〟に恥《は》じない自分になりたい。

『ショーコは一歩踏《ふ》み出《だ》したいんだね』

皐月《さつき》くんとラムさん、黒さん、マスターの顔を思い出す。みんなが私に与《あた》えてくれた言葉すべてが背中《せなか》を押《お》してくれている気がした。

俯きそうになるのをぐっと堪《こら》える。ちっぽけで特別な力なんてなにもない私だけど、唯《ゆい》一《いっ》できることは、今の自分を変えることだ。

震える手を握りしめて、ポケットから携帯電話を取り出す。そして、一回深《しん》呼吸《こきゅう》をして個室の鍵を開けた。

もう目を逸らさない。

個室から出て、すぐに目に留《と》まった光景に吐《は》き気《け》がした。床に尻餅《しりもち》をついている大塚さんを彼女たちが蹴飛《けと》ばしたり、モップを突《つ》きつけて笑っている。

その様子を携帯電話のカメラ機能《きのう》で撮影《さつえい》した。シャッター音に気づいた彼女たちが一斉《いっせい》に私の方に視線《しせん》を向けてくる。

「は……祥子？　ちょっと、なにしてんの」

「っこれ、いじめてる証拠！　先生たちに見せるよ！」

微《かす》かに声が震えてしまった。けれど、弱気になっているところを見せてはいけない。不安と恐怖《きょうふ》を押《お》し隠《かく》して、堂々と画面を見せつける。今の私にできる最善《さいぜん》のことがこれだ。

これさえあれば、先生にいじめの証拠として見せることができる。目を逸らしていた担《たん》任《にん》も能天気《のうてんき》なことを言っていられなくなるはずだ。

「もうこういうのやめようよ！」

いじめられる側にも、いじめる側にも私はもう回りたくない。こんなこと間違っている。

「……祥子、どうして裏切るの？」

「は？　なに、言ってるの」

「だって、友達だよね？　私たち仲よかったじゃん」

耳を疑《うたが》うような言葉だった。

自分たちは私のことを無視して、裏掲示板に好き放題書いて、写真まで載せたのに？

「……それならなんで無視したり、掲示板に書《か》き込《こ》むの」

「私たち、別に悪いことしてないし。嫌われる方に問題あるんでしょ。そもそもさー、祥子ってなに考えてるかわからないし冷たいよね。私が大塚に傷《きず》つけられたのにまったく心配してなかったじゃん」

違《ちが》う。大塚さんが傷つけたんじゃない。むしろ大塚さんに脅迫《きょうはく》のように協力を強要していたのは彼女たちの方だ。

「それにさ、私たちに嘘ついてまで男子と一緒《いっしょ》にいたかったんでしょ？」

「あれはないよね。傷ついたわー。てか、かわいそうなのって私たちじゃん」

トイレに反響《はんきょう》する彼女たちの笑い声と、言葉から滲《にじ》み出《で》る悪意。

指先の震えや胃のあたりに感じていた熱が、すうっと引いていく。同時に一緒に過《す》ごした楽しかった思い出が虚《むな》しく思えてくる。

あの頃《ころ》はちゃんと、友達だと思っていた。すべてを打ち明けたわけではなかったけれど、楽しかった日々は嘘じゃなかったはずだと心のどこかで縋《すが》りついていた。だけど、目の前の彼女たちを見ていると、私たちの関係とは、なんて薄《うす》っぺらなものだったのかと思い知らされる。

きっといじめる相手なんて誰だってよかったんだ。偶然《ぐうぜん》きっかけがあって私がターゲットになっただけ。

「本当……都合がよすぎて笑えてくるよね」

彼女たちに足蹴《あしげ》にされている大塚さんが〝私〟に向かって言った。

「こいつらは本心で吉田さんのこと友達なんて思ってないよ」

わかってる。私に声をかけることをゲームと言って笑っていた人たちだ。今だって適当《てきとう》なことを言って私の反応《はんのう》を楽しんでいる。

「元はと言えば、祥子が悪いんでしょー？　あ、そうだ。市川にでも助け求めれば？」

この人たちにとって、もう私は友達なんかじゃない。けれど、伝えるのなら今しかない——。

「全部誤解だよ。あの日は本当に市川くんと偶然会っただけ。疑うなら市川くんに聞いてみてよ。絶対《ぜったい》に誤解だってわかるから！」

やっと言えた。伝えたくて伝えきれなかった想《おも》いを吐露《とろ》できて、全力疾走《しっそう》でもしたかのように息を切らす。けれど、目の前の彼女たちの表情《ひょうじょう》はまったく変わっていない。わたしのことを蔑むような視線のままだ。

「今更《いまさら》そんなこと言われても、言《い》い訳《わけ》にしか聞こえないんだけど」

「てか、あんなの掲示板盛《も》り上《あ》げるネタじゃん。なにまじになってんの」

顔を見合わせて噴《ふ》き出《だ》す彼女たちにはもはやなにも伝わらなかった。むしろ私の言葉を聞いて、馬鹿にしている。

「祥子って本当つまんないよね」

以前だったらその言葉にショックを受けていた。でも今はどうでもいいと思う。あのまま一緒にいたら、私はどんどん間違った方向へ進んでしまっていただろうし、もう一緒にいる必要なんてない。

「さっきの画像、先生に見せたら、こっちも祥子の画像裏掲示板に載せるから」

彼女たちは大塚さんを一瞥《いちべつ》すると、鼻先で笑いながらトイレから出て行った。

問題解決《もんだいかいけつ》には至《いた》らなかったけれど、ひとまず嵐《あらし》が過《す》ぎ去《さ》ってほっと胸《むね》を撫《な》で下《お》ろし、急いで大塚さんの元に駆《か》け寄《よ》る。

「大塚さん、あの」

「ありがとう」

「え……」

「吉田さんのおかげで助かった」

大塚さんにお礼を言われたことにびっくりしたと同時に、胸《むね》の奥《おく》が焼かれたような痛《いた》みを感じた。お礼を言うのはむしろ私の方で、恨《うら》みごとを言われてもおかしくないのに。

立ち上がった大塚さんの足が微かに震えているのを見て、目を見張《みは》る。ずっと強く見えていた彼女からは、想像《そうぞう》のつかない姿だった。

「大塚さん、ありがとう」

まっすぐに彼女を見つめながら伝えると、大塚さんは目を丸くして立《た》ち尽《つ》くしている。

「庇ってくれて……本当にありがとう」

大塚さんは眉《まゆ》を下げて少し困《こま》ったように笑った。

「お礼言われるようなことしてないよ。あいつらに腹《はら》が立って、自分の言いたいこと言っただけ」

私にはずっとできなかったことだ。話をしようって決意したのに、自分の悪口を聞いて個室から出ることを躊躇ってしまった。それでもドアを開ける勇気を出せたのは、喫茶店《きっさてん》の人たちの存在《そんざい》と、真っ向から立ち向かっていった大塚さんがいたからだ。

「私……ずっと大塚さんに酷《ひど》いことしてた」

人の気持ちを踏《ふ》みにじって、傷つけて、自分が同じ目に遭わないようにうまく周りに合わせていた。そんな自分がどれだけ最低なことをしていたのかを、あの中から抜《ぬ》け出《だ》して改めて気づかされた。

「私だって同じだよ。教室で堂々とあいつらが吉田さんにしていることが間違っているって言えなかった。またターゲットになることを恐《おそ》れて、結局私も今まで自分のこと守ってた」

私と大塚さんでは重みが違うと首を横に振《ふ》る。大塚さんは彼女たちの前で間違っていることを指摘《してき》してくれた。私にとって十分すぎるくらいの救いだった。

「大塚さん……っ、私」

許《ゆる》してもらえないかもしれない。自己《じこ》満足でしかないかもしれない。

それでも、大事な人たちに恥じない自分になるために、今までのこと、今日のこと。すべてと向き合って、彼女に改めて伝えたい。

「今まで酷いことをして、ごめんなさい！　大塚さんが悪くないことを知っていたのに、声を上げることができなかった」

言葉にした途端《とたん》、鼻先がツンと痛くなった。泣いちゃダメだ。

「私……っ自分のことばかりだった。謝《あやま》っても取り返しがつくことじゃないけど、本当にごめんなさい！」

今更こんなことを伝えても、都合のいい言葉ばかり並《なら》べているように思われてしまうかもしれない。だけど気持ちは言葉にしないと伝わらない。

「吉田さん、頭上げて」

深く頭を下げる私に大塚さんの声が降《ふ》ってくる。少し困ったような、優《やさ》しげな声音だった。

顔を上げると、大塚さんは俯いて表情を隠しながらぽつりと言葉を零《こぼ》していく。

「今日さ、吉田さん私に『おはよう』って言ってくれたよね」

「え……うん」

「あのとき、嬉《うれ》しかったんだ。クラスの人に声をかけてもらったのなんて久《ひさ》しぶりだったから」

朝、挨拶をするとき、緊張して不安だった。でも、おはようって言ってよかった。たった一言だけど自分の言葉に意味があるように思えて、嬉しさが心に広がっていく。

「だからね、もういいよ。謝ってくれてありがとう」

大塚さんの言葉に視界《しかい》が滲む。きっと大塚さん自身もまだ葛藤《かっとう》しているのだと思う。それでも私を許してくれた。

「え、大塚さん!?」

「……ごめん、力が抜《ぬ》けちゃって」

突然その場にしゃがみ込《こ》んだ大塚さんは両手で顔を覆《おお》っていた。

「ずっと辛《つら》かった。仲よかった友達も、私から距離《きより》を置いちゃって……」

肩が震えていて、泣いているのだとわかり、私もしゃがんで大塚さんの話に耳を傾《かたむ》ける。

最初はちょっとした嫌がらせから始まって、だんだんそれが女子の間で広がり、話ができるのは男子か同じ部活の先輩《せんぱい》たちだけだった。けれど唯一話せる彼《かれ》らと喋《しゃべ》ると、裏でまた好き放題言われるネタにされてしまう。だから大塚さんは自分から人に話しかけることをやめたそうだ。

「私……っそんなに悪いことした？　どうすればよかった？　……そんなことばかり考えてた。学校なんて来たくないって何度も思ったよ。だけどそしたら、もう二度と学校に来られない気がしてたんだ」

大塚さんを強い人だと思って、私とは違うんだって決めつけていた。でも心の中ではずっと苦しんで、こんなにも必死に戦っていたんだ。

いじめられて平気な人なんていないわけない。

「……ごめん、こんな話して。先に教室戻っててていいよ」

あの頃は気づけなくても、今の私だから気づけることがある。もう同じ後悔《こうかい》をしないためにも、私は大塚さんの震える手に自分の手を重ねた。

「私と……っ、友達になってください」

緊張して心臓がバクバクと大きな音を立てて、やっとの思いで絞《しぼ》り出《だ》した声は情けないほど掠《かす》れてしまった。

今更都合がいいと思われてしまうだろうか。私みたいな人と友達になんてなりたくないかもしれない。それでも嘘偽《いつわ》りのない、ずっと大塚さんに対して言いたかった言葉だった。

驚《おどろ》いたように目を見開いたあと、大塚さんは眉を下げて大粒《おおつぶ》の涙を零していく。

「……私といると、吉田さんが陰《かげ》でいろいろ言われちゃう」

「もうたくさん言われてるよ」

自分に対する悪意にばかり気をとられて、人との関わり方を間違えたくない。

私は明るくて可愛《かわい》くて、気遣い上手な大塚さんに憧《あこが》れていて、仲よくなりたいって思っていた。でも行動することができなくて、大塚さんとの関わり方を間違えてしまった。

すべてをなかったことになんてできないのはわかっている。大塚さんさえ受け入れてくれるのなら、ここから新しく関係を築《きず》いていきたい。

「また私と話してくれる？」

大塚さんは零れ落ちる涙を制服《せいふく》の袖《そで》で拭いながら頷《うなず》いてくれた。私の想いに応《こた》えるように、目を赤くした大塚さんが微笑んでくれる。

「私も……吉田さんとまた話したい」

大塚さんの気持ちを聞けて、私も微笑み返す。勇気を出して自分の思いを伝えてよかった。言葉にすることで私自身の気持ちに改めて気づけた。

今までは人に合わせて、自分に害がなければいいって心のどこかで思っていた。そうやって形だけの友達関係を築いてきたけれど、これからは大事な人を守れる自分になりたい。

◆

放課後、いつものようにあの坂を登る。

「あれ？」

視界が霞《かす》み、不思議に思って立ち止まる。指先で目頭《めがしら》をぐっと押さえた。何度か瞬《まばた》きを繰《く》り返《かえ》すと、先ほどの霞んだ感じはなくなっていた。今日はいろいろあったから疲《つか》れてしまっているのかもしれない。

喫茶店の扉《とびら》を開けると、乾《かわ》いたベルの音と珈琲《コーヒー》の香《かお》りが私を出迎《でむか》えてくれた。

「いらっしゃい、ショーコちゃん」

「こんにちは！」

学校帰りにここに寄《よ》ると、いられる時間は短い。それでも喫茶店で過ごす時間はとても濃《こ》いものに感じられる。

「……なにつっ立ってんの、早く座れば」

カウンターに囲われたスペースにはマスターと皐月くんがいて、いつもの席にラムさんと黒さんが座っている。

「おっ、皐月ってば冷たく言いながらもやさし〜」

「ラムさん、うざい」

「もー、ラムちゃんも皐月くんも言い合いしないの！　仲よくして」

見慣《みな》れてきた光景だけれど、当たり前ではない貴重《きちょう》な時間。私の大好きな人たちとの大切な空間だ。

「はい、どうぞ」

「ありがとう、マスター」

ここで飲むマスターの珈琲が一番好きだ。ほろ苦いけれど、ミルクを入れると包《つつ》み込《こ》んでくれるような優しい味わいになる。珈琲が美味《おい》しいのは元々の味だけではなく、みんながいるから、より一層《いっそう》美味しく感じられるのかもしれない。

「ショーコちゃん、今日は〝なにかいいこと〟でもあった？」

「え？」

黒さんが薄い唇を僅《わず》かにつり上げて、目元にしわを寄せた。

「今日はいつもよりも嬉しそうだから、学校でいいことでもあったのかなって思って」

「そう見える？」

「うん、なんか表情が柔《やわ》らかいなって」

この人たちには敵《かな》わない。私のちょっとした変化で、すぐになにかがあったってわかってしまう。

「あのね……」

改めて言葉にすると少しだけむず痒《がゆ》い。

あのときトイレのドアを開けたこと、写真を撮って追《お》い払《はら》ったこと、大塚さんに自分の想いを伝えたこと。

最初の一歩を踏み出したばかりだけれど、それでも私にとっての大きな一歩だったたって信じたい。

「そっか。よかったじゃん」

私の頭を撫《な》でてくれたラムさんは、笑っているのに少し寂《さび》しげに見えた。なにかあったのだろうか。

「それなら、これから学校が楽しくなるな、ショーコ！」

私は人の気持ちに鈍《にぶ》いところがあるから、これだけでラムさんになにかがあったと確信《かくしん》は持てない。でもなんだか引っかかる。

今までなら下手《へた》なことを言うのが怖くて触《ふ》れなかった。

ラムさんにもらった言葉や、皐月くんに言われた私の人との間にあるガラスみたいな壁のことを思い出す。

このままなにも言わなければ、いつもと同じだ。人の内側に触れる勇気を持たないと私は変われない。

「……ラムさん」

「ん？」

「なにかあったの？」

ラムさんが目を見開いて、すぐに細めた。返事を待つまでの数秒間がすごく怖くて、やっぱり聞くべきではなかったのかもしれないと不安になる。

「ショーコが最初に会ったときよりも、変わり始めているから」

ラムさんは私の不安を打ち消すような優しい声音で言うと、また先ほどのように少し寂しげに笑った。

「え……変わり始めてる？」

「うん、変わってきてるよ。あたしたちが必要なくなっちゃうのかなーって……嬉しいけど、ちょっと寂しいんだよ」

「変われているように見えるなら、それはラムさんたちのおかげだよ！　必要なくなるなんてことないよ！」

いつまで私たちの関係が続くのかはわからない。ここで過ごす日々が永遠《えいえん》ではないこともわかっている。

私が大人になって、いつかラムさんたちとは疎遠《そえん》になってしまったとしても、自分の支《ささ》えになってくれた人たちがいたことを忘《わす》れたくない。

それに私にとって、ラムさんたちが必要なくなるなんて思わない。叶《かな》うなら、ずっとラムさんたちとこうしてお喋《しゃべ》りをして同じ時を過ごしていきたい。

「……ありがと。んもー、可愛いなー！　ショーコ！」

抱《だ》きしめてくれるラムさんの温かい腕《うで》に包まれながら、じわりと滲む涙を瞼《まぶた》の裏側《うらがわ》に閉《と》じ込《こ》めた。

時間も、人との関係も、永遠なんてないからこそ、尊《とうと》いのだと思う。

確実《かくじつ》にこの喫茶店で出会った人たちは私の心に残っていく。私も誰かの心に残れるような、そんな人間になれるだろうか。

「そうだ！」

少しだけしんみりとしてしまった空気を変えるように、私は声のトーンを上げてみんなに笑顔《えがお》を向ける。

「もうすぐ神社のお祭りがあるけど、みんなはお祭り行ったりしないの？」

ラムさんの笑顔が一瞬硬直《いっしゅんこうちょく》した気がした。ラムさんの隣に座っている黒さんは少し俯いていて表情が見えない。やっぱり大人はお祭りなんて興味《きょうみ》がないのだろうか。

「ああ、もうそんな時期だったね。室内にいると季節感がわからなくなってしまうね」

マスターが朗《ほが》らかな笑《え》みを浮《う》かべながら、喫茶店の扉に視線を向けた。

「もう九月末だよ」

皐月くんは一言だけ呟《つぶや》くと、私たちに背《せ》を向けて洗《あら》い物《もの》を始めてしまった。

「駅の近くにある神社のお祭りって、毎年九月の終わりにあるんだよ。みんな行ったことない？」

「私は大人になってからこっちに越《こ》してきたから、お祭りは一度もないわ。ショーコちゃんは毎年行っているの？」

「中学までは行ってたよ」

自分がこの町で生まれ育ったから、勝手にみんなもそうだと思ってしまっていたけれど、黒さんのように大人になってからこの町に来たって人もいるんだ。すっかり口を閉《と》ざしてしまったラムさんも大人になってからここに越してきたのだろうか。

「ラムさんは？」

「……あたしもないかな。もう祭りではしゃぐ年齢《ねんれい》じゃないしさ。まあ、イカ焼きは好きだけど」

「あ、じゃあ買ってこようか？」

私の申し出にラムさんが「気持ちだけで十分」と言って、華奢《きゃしゃ》な手で私の頭をくしゃくしゃと撫でてくる。

残念だけれどみんなあまりお祭りには興味がないみたいだ。話題を間違えてしまったかなと少し落《お》ち込《こ》む私に、ラムさんがそういえばと話を切り出す。

「ショーコの夢《ゆめ》ってこの間は聞かなかったけど、あるの？」

「小学生の頃はあったけど……今は特にないかな」

ふと頭を過《よぎ》ったのは、卒業文集に書いた夢の話。

「へぇ、小学生の頃かぁ。なにになりたかった？」

私から離《はな》れたラムさんが興味津々《きょうみしんしん》といった様子で食いついてきた。

私のつまらない返答を拾ってくれたのが嬉しくて、少し気恥《きは》ずかしくなりながらも、ぽつりと言葉を漏らす。

「料理を作る人になりたいって思ってたんだ」

あの頃、憧れていたものは明確《めいかく》な言葉でどう表せばいいのかわからない。

小学生だった私には中華《ちゅうか》料理とかフランス料理とか、どんな料理がしたいのか、パティシエになりたいのかとかそういう具体的なことはまだ考えられなくて、ただ料理に関わることがしたいって思っていた。

「料理を手伝ったり作ったりするたびにお母さんが喜んでくれるのが嬉しくて……でも、いつのまにか諦《あきら》めちゃってたけど」

私とお母さんがまだアパートで二人暮《ぐ》らしをしていた頃、夕方になると一緒にご飯を作ったり、お母さんが仕事の日は一人で作ることもあった。美味しいって言って食べてくれるお母さんの笑顔が大好きで、料理の本を読むたびにどれを作ったら喜んでくれるかなって想像するのが楽しかった。

お母さんが再婚《さいこん》して、家にいてくれるようになったことは嬉しかったけれど、同時にお手伝いしないで遊んできていいんだよと言われるようにもなった。私の手伝いは必要なくなったような気がして寂しくて、料理の本も開かなくなって、そうして夢も小学校の頃の思い出も、白い箱の中に押し込めて隠してしまった。

「もうなにか作ったりはしないの?」

黒さんの問いかけに小さく頷いて、自分の手のひらを眺《なが》める。しばらく包丁も握っていないし、キッチンにもほとんど足を踏《ふ》み入《い》れていない。

「……お母さんが再婚してから、あんまり会話してなくて。それに、義理《ぎり》のお父さんも私によそよそしいんだ」

「それで家にいづらいとか?」

顔を上げると、皐月くんが真剣《しんけん》な眼差《まなざ》しで私を見つめていた。私が家でもうまくいっていないことはお見通しだったみたいだ。

「うん。今お母さんのお腹《なか》の中に赤ちゃんがいて、私の存在が二人にとって邪魔《じゃま》なんじゃないかって思うと、いていいのかわからなくて……」

私が二人に気を遣《つか》わせているなら、バイトをしてお金を貯《た》めて、大学生になったら家を出た方がいいのかな。そしたら、お母さんたちは生まれてきた赤ちゃんと気兼ねなく幸せに過ごすことができる。

出ていく決意がなかなかできないのは、愛されたい、必要とされたい……そう期待しているからなのかもしれない。

「馬鹿だなぁ、ショーコは」

ラムさんが頬杖《ほおづえ》をつきながら、こちらに顔を傾けて微笑んだ。橙色《だいだいいろ》のライトが差《さ》し込《こ》んで、煌《きら》めいた瞳《ひとみ》に見入ってしまう。

ラムさんは仕草や表情、ひとつひとつが艶《あで》やかだ。けれど瞳は澄《す》んでいて、純粋《じゅんすい》さを感じる。そんな相反する妖艶《ようえん》さと清純《せいじゅん》さを持ったラムさんは、自然と視線を惹《ひ》きつけ、同性《どうせい》の私でも息を飲んでしまうほどだ。そして、その瞳に捕《と》らえられるとなにもかも見透《みす》かされているような感覚になる。

「ちゃんと愛されてるじゃん」

「でも……私がいないときの方が二人は楽しそうだよ」

「ショーコさ、いつもお弁当《べんとう》の入ったトートバッグ持ってるよね」

「え、うん」

このトートバッグはお母さんがお弁当用に作ってくれたもので、学校があるときは毎日持っている。

「それが答えだよ」

ラムさんの言う「答え」が私にはわからなくて首を傾《かし》げる。お弁当が答えってどういうことなのだろう。

「ねえ、ショーコちゃん」

黒さんが身体を前に傾けて、ラムさんの向こうから、顔を出した。

「お母さんは妊娠《にんしん》していても早起きして、毎朝お弁当作ってくれているんでしょ？」

「……うん」

「それってすごく大変なことだと思うの。大事な娘《むすめ》のためだからこそ、お母さんは頑張《がんば》れるんじゃないかな」

「……っ！」

心がぎゅっと押しつぶされたように苦しくなる。

どうして気づけなかったのだろう。

大きなお腹で動くことも大変なのに、お母さんは毎日欠かさず私のお弁当を作ってくれていた。お弁当があるのは当たり前じゃない。早起きして、前の日とおかずがかぶらないように考えて作ってくれている。それなのに大変さをみじんも出さないで、私にいつも笑顔を向けてくれていた。

「お父さんだって、年頃《としごろ》の女の子にどう接《せっ》していいのかわからないだけなんじゃないのかな」

お父さんは優しいし、私に対して酷いことを言ったことなんてない。けれど私に話しかけるお父さんはいつもぎこちなくて、顔色をうかがっているように思えた。それは私のことが苦手だからかと思っていたけれど、もしかしたら、接し方がわからなかっただけ？

「傍《そば》にいてくれる人に、もっと目を向けてみたらどうかな。愛情《あいじょう》は伝わりにくいかもしれないけれど、ショーコちゃんの持っているお弁当は愛されている証拠だと思うよ」

「自分が邪魔だなんて決めつけんなよ」

黒さんと皐月くんの言葉が痛いくらいに胸に突《つ》き刺《さ》さる。

「話を聞いてる限り、本当は寂しいんだろ」

「……っ、私」

寂しかった。もっと私を見てもらいたかった。けど、嫌われることの方が怖くってなにも言えなかった。勝手にいづらくなって、不安を抱《かか》えていた。嫌われたくないのは、好かれたいのは、愛されたいのは……大好きだからだ。

「お母さんにお弁当のお礼言ってみな」

「え……」

「ショーコ、思っているだけじゃ気持ちは伝わらないんだよ。だから、言葉があるんだ」

ラムさんの言う通り、言葉があるのは伝えるためだ。なにも伝えずに自分をわかってもらおうなんて無理な話だ。

「もうショーコは大丈夫《だいじょうぶ》だよ。ここに最初に来たときよりも変われている。……だから、大丈夫」

私にとってみんなの言葉は、まるで魔法《まほう》みたいだった。冷たく凍《こお》った心を、優しく溶かしてくれている気がした。

◆

この日も皐月くんが喫茶店の外まで見送りにきてくれた。だけど、なんだかいつもと様子が違っているように見える。表情が暗いというか、なにか思いつめているみたいだ。

「帰らないの？」

私にそう言う皐月くんは、元気がないように見えて心配になる。

「暗くなる前に帰った方がいい」

「……うん」

こんなにも離れがたいのは、どうしてなのだろう。帰ろうって思うのに、足がなかなか動かない。

「気をつけて帰れよ。……さよなら」

まるで、もう会えないみたいな「さよなら」に聞こえて、寂しさがこみ上げてくる。そんなの嫌だ。私はまたここに来たい。皐月くんにも会いたい。

「さよならなんて言わないで」

「……明日もまた会える保証《ほしょう》なんてどこにもないじゃん」

そんな風に思っているから、毎回〝さよなら〟って言っていたのだろうか。確《たし》かに会う約束はしていないけれど、自然とみんなここに集まって何度も会っている。だからまたすぐに会えるはずだ。

「私またここに来るよ？」

「もしかしたら、ここに来ることを忘れるくらい友達と過ごすのが楽しくなることだってあるかもしれないだろ。だから、また明日とか言いたくない。いつだってさよならだ」

「私は、皐月くんたちのこと、絶対に忘れたりしない」

忘れられるはずがない。そのくらいこの喫茶店で過ごす時間は、私にとって心の拠《よ》り所《どころ》になっている。

「絶対にまた……えっ」

言葉を遮《さえぎ》るように腕を掴《つか》まれて、ぐっと引《ひ》き寄《よ》せられる。

頬《ほお》に熱が集中して、心臓が暴《あば》れていることが身体中に伝わった。

初めて男の子に抱きしめられたことと、相手が皐月くんであることに戸《と》惑《まど》いと恥ずかしさがこみ上げてくる。

こんなに密着《みっちゃく》していたら皐月くんにも伝わってしまっているかもしれない。

「ショーコ」

耳元で名前を呼《よ》ばれて肩を震わせる。

「な、なに？」

掠《かす》れた小さな声でそう返すのが精《せい》いっぱいだった。

「……ありがとう」

皐月くんの切なげな声音に、胸がぎゅっと締《し》めつけられる。彼の寂しさを、私が少しでも埋《う》められたらいいのに。

私はいなくなったりしないから、さよならなんて言わないで。そう想いを込《こ》めて、そっと皐月くんの背中に腕を回して、抱きしめ返す。

どうしてここまで寂しがるのかわからない。ラムさんが皐月くんを気にかけていること
と関係があるのだろうか。

「……ごめん」

申《もう》し訳《わけ》なさそうに私から離れると、皐月くんは背を向けてしまった。

私は喫茶店のみんなが話を聞いてくれたから、気持ちが軽くなった。私も同じように、
皐月くんの抱えている想いを少しでも軽くできたらいいのに。

「皐月くん」

私が名前を呼んでも皐月くんは振《ふ》り返《かえ》ってくれない。肺《はい》いっぱいに空気を吸《す》い込《こ》み、皐
月くんの背中に向かって声をかける。

「私、明日も頑張る！」

「え？」

突然の私の決意に皐月くんが振り向き、首を傾ける。

「嫌なことがすべてなくなったわけじゃないけど、でも明日も一日頑張る！　そう思えた
のはみんなのおかげなの」

後ろ向きだった気持ちが少しずつ前を向き出して、頑張ろうって気持ちになれた。

「もしも悩みがあるなら、いつでも言ってね。私も一緒にどうしたらいいか考えるから！頼《たよ》りないかもしれないけど……少しでも力になりたい！」

自分なりの精いっぱいで想いを口にする。お節介《せっかい》だと思われてしまっただろうか。そんな不安も少しだけあったけれど、私にできることはこれくらいだ。

皐月くんは僅かに目を見開いたあと、すぐに目を細めて口角を上げた。

「これからのこと、いろいろ考えてみる。だから、今度俺《おれ》の話も聞いて」

先ほどの寂しげな様子から柔らかい雰囲気《ふんいき》に変わった気がして、胸を撫で下ろす。

「ありがとう」

皐月くんが笑ってくれると私も嬉しくて、自然と笑顔になる。いつも私がみんなに励《はげ》まされてきたけれど、これからは少しずつ私がみんなの力になれるようになりたい。

◆

家に帰って、お母さんにお弁当のことを伝えようと試みたけれど、タイミングが摑めずなかなか言い出せない。たった一言を伝えるだけなのに、それが難しい。

もんもんとしながらお風呂《ふろ》から上がってリビングを覗《のぞ》くと、ちょうどお母さんがテレビを消したところだった。

「あれ、もう寝《ね》るの？」

「今日は外出していたから疲れちゃったみたい」

お母さんは眠《ねむ》たそうな表情で笑った。

いざ目の前に本人がいるとなかなか勇気が出ない。いつもならここで会話が終わってしまう。だけど、小さな一歩でいいから踏み出すと決めたのだ。

「お母さん……っ」

いつもお弁当ありがとう。そう言おうと口を動かそうとすると、お母さんがゆっくりとこちらに歩《あゆ》み寄《よ》ってきた。

「おやすみ、祥子」

うだうだと考えて、結局なにも言えずじまいだ。言いたかった言葉が喉元《のどもと》に引っかかって、じりじりと焦《あせ》るようなもどかしさを感じる。

また明日伝えればいいかな。

すぐに諦めが過ったけれど、それではなにも変わらないままだ。

気持ちは言わなくちゃ伝わらない。皐月くんにも頑張るって宣言《せんげん》したばかりだ。今言わなくちゃ、あとで後悔するのは自分自身だ。

「お母さんっ！　お弁当、その……美味しかった！」

本当は言いたかった言葉はもう少し違っていた。けれどこれが、今の私にとっての精いっぱいだ。目を見開いて瞬きをしたお母さんが、花が咲《さ》いたような明るい笑みを見せる。

「よかった！　祥子が好きかなって思って、アスパラの肉《にく》巻《ま》き入れたのよ」

お母さんは嬉しそうに声を弾《はず》ませた。その言葉が優しく心に浸透《しんとう》していく。

私の好物、覚えていてくれたんだ。小学校の頃から、私の運動会があるといつも入れてくれたお気に入りのおかずだった。お弁当に好物が入っていたことよりも、お母さんが今でもそれを忘れずにいてくれることが、ただ嬉しかった。

「また今度お弁当に入れるわね。おやすみ、祥子」

「おやすみ、お母さん」

お母さんがリビングから出て行き、一人になるとその場に力なく座《すわ》り込《こ》んだ。

伝えるのはやっぱり難しくて、緊張した。本当に言いたかったのは〝いつもありがとう〟って言葉だったけれど、それでも伝えてみてよかった。お母さんの嬉しそうな顔が見られた。

言葉はやっぱり大切なもので、伝えることを諦めてはいけないのだと、改めて思った。

五章　溢《あふ》れ出《だ》す言葉

ずっと学校は憂鬱《ゆううつ》な場所だったけれど、今日はそう感じなかった。少しずつ私《わたし》の日常《にちじょう》が変わり始めている証《あかし》なのだと思う。

いつも通り自分の席に座《すわ》っていると、こちらに向かって歩いてくる人物に気づき、緊《きん》張《ちょう》の色を滲《にじ》ませながら声をかけた。

「お、おはよう！」

朝の挨拶《あいさつ》は、まだくすぐったくて気恥《きは》ずかしいけれど、大塚《おおつか》さんが笑い返してくれることが嬉《うれ》しくてたまらない。

「おはよう、吉田《よしだ》さん」

たった一言の挨拶を交《か》わすだけで、気持ちが浮上《ふじょう》していく。嬉しさを噛《か》みしめていると、隣《となり》の席に座った大塚さんがカバンからプリントを取り出して、身を乗り出してきた。

「ねえねえ、このプリントどこまで進んだ？」

「うーんと、半分くらいかな」

「えー、私より進んでる！　まだこれくらいしか進んでないよ」

「あ、そこ難《むずか》しくてちょっと悩《なや》んだんだよね」

まだどこかぎこちなくて、ほんの少しの他愛《たあい》のない会話だけれど、それができる相手がいることはすごく安心できて幸せなことだと実感する。

「そうだ。……あれから特になにかされてない？」

声を潜《ひそ》めて大塚さんが聞いてきた。おそらくトイレの件《けん》から彼女《かのじょ》たちになにか嫌《いや》がらせをされていないかということだろう。

「うん、今のところは特になにもされてないよ」

そう答えると大塚さんは安堵《あんど》したように微笑《ほほえ》んでくれた。

「それならよかった。もしもなにかあったら、すぐに言ってね」

「大塚さんもなにかあったら言ってね？」

私も大塚さんのことを守りたい。今度こそ、周りの人を大事にできるようになりたい。

それに大塚さんが辛《つら》そうな姿《すがた》を、もう見たくないんだ。

「うーん」

だけど大塚さんは少し悩ましげに、腕《うで》を組んで眉《まゆ》を寄《よ》せている。

「どうしたの？」

「あのさ、言いたかったことがあるんだけど」

言いたかったことがなんなのか予想がつかなくて、緊張で身体を強張《こわば》らせる。大塚さんの言葉の続きを待ちながら、無意識《むいしき》に握《にぎ》りしめた手に力が入ってしまった。

「吉田さんのこと、祥子《しょうこ》って呼《よ》んでいい？」

「へっ？」

なにを言われても大丈夫《だいじょうぶ》なように覚悟《かくご》をしていたので拍子《ひょうし》抜《ぬ》けしてしまい、自分とは思えないくらい素《す》っ頓狂《とんきょう》な声が出てしまった。

「私のことは沙羅《さら》で」

「えっと……」

つまり下の名前で呼び合うってことで、いいのだろうか。突然《とつぜん》のことに頭がついていかず、情報処理《じょうほうしょり》をするように瞬《まばた》きを繰《く》り返《かえ》す。

「いや？」

「ううん、違《ちが》う！　……じゃあ、沙羅ちゃんって呼んでもいい？」

「もちろん！」

嬉しそうに笑ってくれた沙羅ちゃんがすごく眩《まぶ》しい。こんな風に私に笑いかけてくれることが夢《ゆめ》みたいだった。

遠日で以前自分がいたグループを眺《なが》めながら、あの頃《ころ》を思い出す。実際《じっさい》に書《か》き込《こ》んでいるのはあの子だ。私は悪くない、と責任転嫁《せきにんてんか》していた。実行していなくても同調している段階《だんかい》でいじめ側にいた事実は変わらないのに。

だから、今度こそもう友達との関わり方を間違《まちが》えたくない。

◆

誰《だれ》かと学校で楽しく過《す》ごすのが久《ひさ》しぶりで、少し浮《う》かれすぎていたのかもしれない。

化学室での授業《じゅぎょう》が終わって教室に戻《もど》る途中《とちゅう》、階段《かいだん》を下っていると背中《せなか》を強く押《お》されて浮遊感《ふゆうかん》に襲《おそ》われた。

手のひらと背中から冷《ひ》や汗《あせ》が一気に滲《にじ》み、慌《あわ》てて手すりを摑《つか》もうとしたけれど届《とど》かない。足場を安定させるものも、なにもなかった。

「祥子！」

少し前を歩いていた沙羅ちゃんが私の異変《いへん》に気づき、手を伸《の》ばそうとしてくれたけれど、私は摑めなかった。そんなことをしたら彼女も巻《ま》き込《こ》んでしまう。

――――落ちる。

そう確信《かくしん》して、きつく目を瞑《つぶ》った。

僅《わず》かに感じる床《ゆか》についた膝《ひざ》の痛《いた》み。けれど思ったよりも衝撃《しょうげき》がなくて、おそるおそる目を開けると、誰かに受け止められているみたいだった。

下にいる人を巻き込んでしまったのかもしれないと慌てて顔を上げる。

「……大丈夫？」

私から少し離《はな》れて顔を覗《のぞ》き込《こ》んできたのは、市川《いちかわ》くんだった。

「え……」

「吉田？」

彼《かれ》が受け止めてくれたおかげで助かった。誰も受け止めてくれなかったら、あの高さからだと強く身体を打ちつけていたはず。下手《へた》したら庇《かば》ってくれた市川くんの方が怪我《けが》をしてしまったかもしれない。

「ありがとう。……ごめんね、どこか痛めてない？」

声を振《ふ》り絞《しぼ》って伝えると、市川くんは気まずそうに視線《しせん》を逸《そ》らした。

「平気。つか、俺《おれ》の方こそ、ごめん」

それがなにについての〝ごめん〟なのかわかる気がする。市川くんとこうして顔を合わせるのは、男子の会話を聞いてしまったあの階段の日以来だった。

「吉田の方は？」

心配そうな面持《おもも》ちで市川くんが言った直後、甲高《かんだか》い声が聞こえてきた。

「吉田さん！」

藤本《ふじもと》先生が大きな声を上げながら、血相を変えて駆《か》け寄《よ》ってくる。

「なにがあったの！」

「背中を押されて」

「……背中を押された？」

私の発言に藤本先生が顔を顰《しか》めた。平和主義者《しゆぎしや》の先生にとっては聞きたくない話だろうけれど、私は足を踏《ふ》み外《はず》したわけじゃない。確実《かくじつ》に突《つ》き飛《と》ばされた。

「やだー、祥子、大丈夫？」

「先生、私たち見てたんですけど、自分で踏み外して落ちちゃったみたいです」

私のことを好き放題裏掲示板《うらけいじばん》で書いていた彼女たちが、今までのことなんてなかったかのように話しかけてきた。この光景には少し離れた位置にいる沙羅ちゃんも目を見開いている。

彼女たちの口元は上がっているけれど、目は笑っていない。恐《おそ》ろしいくらい冷たい眼差《まなざ》しに背筋《せすじ》が凍りそうだった。私を突き飛ばした犯人《はんにん》は誰なのか、すぐに予想がついた。けれど私は後ろを見ていなかったし、証拠《しょうこ》もない。

「そうなのね、吉田さん大丈夫？」

藤本先生はあっさりと彼女たちの話を受け入れた。

私たちはいまだに最悪な関係だ。私と彼女たちとの話がくい違《ちが》っていることに、藤本先生はもちろん気づいていると思う。だけど、真相がどうかなんてどうでもいい。彼女たちと私が普通《ふつう》に話しているように見えることに安堵しているようだった。

……もうこの先生になにも期待するべきじゃない。

「先生はいつもなにを見ているんですか」

諦《あきら》めきった私に聞こえてきたのは、沙羅ちゃんの声だった。

「本当に足を踏み外しただけって思っているわけじゃないですよね」

「……大塚さん、彼女たちは吉田さんが足を踏み外したって言っているのよ？」

「先生は、祥子の言葉は信じないんですね」

藤本先生は彼女たちの言葉を聞いて、私の発言をないものにした。どっちを信じたら丸く収《おさ》まるのか、咄嗟《とっさ》に判断《はんだん》したのだろう。

「大塚さん、なんでそんなに怒《おこ》ってるの～？」

「ちょー怖いんだけど」

不快《ふかい》な笑い声を上げる彼女たちに沙羅ちゃんは心底嫌そうに顔を歪《ゆが》めた。

「あんたたちが突き飛ばしたんじゃないの？」

「大塚さん！　なに言っているの！」

叱《しか》りつけるように沙羅ちゃんを睨《にら》む藤本先生に落胆《らくたん》した。こんなことが起こっても真実から目を逸らして、私たちの言葉には耳を傾《かたむ》けてくれない。

「ね、吉田さん、足を踏み外して落ちちゃったのよね？」

「だから、祥子は背中を押されたって言ってるじゃないですか！」

「自分で踏み外したのよね？　そうでしょう？」

沙羅ちゃんの言葉にも聞く耳を持たず、先生は自分の望む答えを得ようとしている。その異常《いじょう》さにぞっとした。

「先生……っ！　あの、私」

「とにかく、大きな怪我がなくてよかったわ」

口答えを許《ゆる》さないように私に向けられた優《やさ》しい笑顔《えがお》は、脅迫《きょうはく》しているかのように見えた。そうだと言わなければ、面倒《めんどう》なことになる。だから、受け入れなさい。我慢《がまん》しなさい。仲よしでいなさい。

藤本先生の目は、笑っていなかった。口元だけが不自然に釣《つ》り上《あ》がっている。

「こんなのおかしい」

「大塚さん、さっきからどうしたの？　あなたらしくないわ」

「……私らしいってなんですか」

藤本先生は宥《なだ》めるような優しい口調で、沙羅ちゃんに笑いかける。

「大塚さんはもっと落ち着いていて、しっかり者でしょう？　こんな風に誰かを悪く言うのはあなたらしくないと思うの」

「私はずっと彼女たちに嫌がらせをされていました。いじめられていました。先生は知っていましたか？」

「なに言って……」

「祥子だって、最近ずっといじめられてた。そんなことも知らないで、知ろうともしないで、わかったように言わないでよ！」

沙羅ちゃんの悲痛《ひつう》な叫《さけ》びが廊下《ろうか》に響《ひび》き渡《わた》り、この光景を見ていた生徒たちがざわめき始める。いつのまにか私たちの周りにはたくさんの生徒たちが集まってきていた。

「裏掲示板で人のこと好き放題書いて、写真晒《さら》して、偉《えら》そうに人のことを批難《ひなん》して……あんたたちみんな汚《きたな》いんだよ」

「大塚さん、落ち着いて？　ね？」

「藤本先生も最低ですよね。そうやって都合の悪いことからは目を逸らそうとする」

沙羅ちゃんに睨まれた藤本先生は、涙目《なみだめ》になりながら「私はただみんなに仲よくしてほしいだけなの」と呟《つぶや》いて首を横に振《ふ》った。

自分は間違っていない、正しいことをしている。それなのにどうしてわかってくれないのだと、まるで藤本先生が被害者《ひがいしゃ》のような顔をしていた。

「ちょっとしたことで喧嘩《けんか》してしまうのはよくあることよ。意地を張《は》っていないで、仲直りしましょう？　ね？」

いじめは喧嘩じゃない。一方的な悪意だ。藤本先生は裏掲示板という存在《そんざい》に蓋《ふた》をして、生徒たちの本性《ほんしょう》から目を背《そむ》けている。

先生だって人間だから、すべてのことに正しく向き合うというのは無理かもしれない。だけど、自分勝手な理想のために生徒の声を摘《つ》み取《と》るのは間違っている。高校生の私たちだって、大人と変わらない醜《みにく》い感情《かんじょう》を持っているんだ。

「俺……こいつらが吉田のこと突き飛ばすのを見ました」

ずっと黙《だま》っていた市川くんが、少し怒ったような表情《ひょうじょう》で彼女たちを指差した。彼の証《しょう》言《げん》によって、さらにざわめきが大きくなる。

「はあ？　ふざけんなよ、市川！」

「証拠あるわけ⁉」

慌てた様子で怒り出す彼女たちは、その反応《はんのう》がますます不信感を煽《あお》ることに気づいていないのだろうか。おそらくトイレで脅《おど》されたことへの仕返しとして私のことを突き飛ばしたのだろう。

「市川くんまでなにを言っているの？　いじめなんて今までなかったはずよ。吉田さんたちはこの間まで仲がよかったじゃない。今は喧嘩しちゃっているだけよね？」

藤本先生はあくまでもいじめはないと主張《しゅちょう》して、私の肩《かた》を掴んで強引《ごういん》に頷《うなず》かせようとしてくる。ますます人だかりができる中、彼女たちは顔を歪ませながら私を睨《にら》みつけていた。

彼女たちが友達？　私たちが喧嘩しているだけ？

私にはもう彼女たちと笑って過ごす未来が想像《そうぞう》できない。

それぞれ考えが違うのだから誰かの理想通りになんてなれない。うまくいかない関係だってある。そんなの大人と一緒《いっしょ》だ。

「先生はどうして先生になったんですか？」

生徒たちが仲よくしている〝ふり〟で先生は満足なのだろうか。

ＳＯＳを摘み取って消してしまわないでほしい。誰かに自分の気持ちを伝えることは、すごく勇気がいることなのだ。

「生徒のことをちゃんと見てください」

私の言葉に藤本先生は酷《ひど》く傷《きず》ついたような表情で唇《くちびる》を噛みしめていた。

私たちを囲うように事態《じたい》を眺めていた生徒たちの輪を掻《か》き分《わ》けて、他の先生たちが入ってくる。

藤本先生になにがあったのかと聞いていたけれど、藤本先生は俯《うつむ》くだけでなにも言わなかった。代わりに沙羅ちゃんが状況《じょうきょう》説明をすると、先生の一人が周りにいた生徒たちを教室へ戻るよう促《うなが》した。

もう一人の先生が沙羅ちゃんに私を保健室《ほけんしつ》に連れて行くようにと指示《しじ》し、彼女たちと市川くんそれぞれに話を聞かせてほしいと言ってどこかへ連れて行く。他の先生たちに誤魔《ごま》化《か》しがきかなくなった藤本先生は、青い顔をしていた。

◆

その後、沙羅ちゃんと保健室に行って、手当てをしてもらった。

膝に巻《ま》かれた包帯は少し大袈裟だけど、特に大きな怪我ではなかったのでほっとする。保健室で迎《むか》えを待つ時間がやたらと長く感じられるのは、怖《こわ》いからかもしれない。階段から突《つ》き落《お》とされて怪我をしたため、私の親にも連絡《れんらく》を入れたそうだ。

とうとうお母さんに知られてしまう。いじめを解決《かいけつ》するのは私たち生徒だけの力ではどうにもできないことがある。それはわかっている。それでも親に知られるのだけは嫌だった。

お母さんは、どう思うだろう。最初はいじめる側にいて、今はいじめられている。情《なさ》けなくて惨《みじ》めな私になんて言うのだろう。

少しして保健室に現《あらわ》れたのは、焦《あせ》ったような様子のお母さんと表情を強張らせた藤本先生だった。

「祥子っ！」

「お母さん……」

怒っているわけでも迷惑《めいわく》そうにしているわけでもなく、私の心配をしてくれているのが伝わるお母さんの表情に、少しだけ肩の力が抜《ぬ》けた。不安もあったけれど、私のために身重の身体で学校まで来てくれたことは、素直《すなお》に嬉しかった。

「怪我は？　大丈夫？　どこが痛むの？」

私の頬《ほお》に触《ふ》れたお母さんの温かい手が微《かす》かに震《ふる》えていた。戸惑《とまど》いながら視線を上げると、目には涙《なみだ》が浮かんでいる。

「た、たいしたことないから……大丈夫だよ。膝に湿布《しっぷ》貼《は》ってもらっただけ」

お母さんは少し安堵したようだったけれど、すぐに藤本先生に鋭《するど》い視線を向けた。

「藤本先生、なにがあったのか説明していただけますか」

「あ……えっと」

困惑《こんわく》した様子で視線を床に落とす藤本先生を見かねたのか、私の隣に座っている沙羅ちゃんが手を挙げた。

「私が説明します」

沙羅ちゃんは階段から落ちたという話よりももっと前からの嫌がらせのことを話し始めた。さすがに藤本先生も口を出すことはできずに、俯きながら沙羅ちゃんの話を聞いている。

沙羅ちゃんと私がされた嫌がらせのこと、トイレでの証拠写真があること、そして、今日の市川くんの目撃《もくげき》証言。

みんな仲よしだけれど、ちょっと喧嘩して仲違《なかたが》いしているだけ、という藤本先生の言い分は通用しない。

「お母様、申《もう》し訳《わけ》ございません」

大塚さんが一通り話し終えると、顔色の悪い藤本先生が頭を下げた。

「……先生が謝《あやま》る相手は私でしょうか」

お母さんの目はいつになく厳《きび》しかった。

いつも温厚《おんこう》で笑っていることが多いから、こんなお母さんは初めて見る。

「怪我をしたのはこの子です。傷ついているのは、この子たちですよ。そのことをきちんと理解《りかい》してください」

お母さんが私のことで怒ってくれて、真剣《しんけん》に向き合ってくれている。そのことが嬉しくて、涙が出そうになる。

隣から手を握られて振《ふ》り向《む》くと、沙羅ちゃんの大きな目からぽろりと大粒《おおつぶ》の涙が零れ落ちた。私の目からも同じように堪《こら》えていた涙が溢《あふ》れる。

傷ついているとわかってもらえたことは、抱《だ》きしめられているみたいに温かい。張《は》りつめていた心がゆっくりとほぐれていく。

「それに先生は謝るよりも、今後どうしていくかを考えるべきではないですか」

お母さんの言葉に、先生は深々と頭を下げた。具体的に藤本先生がどんな対処《たいしょ》をしていくつもりなのかはわからない。

それでも、確実になにかが変わると思えた一日だった。

◆

その日の夕食後、お母さんとお父さんに呼ばれた。重たい空気が流れる中、リビングのラグマットの上で向かい合うように座る。

学校でのいじめを知られたくなかった。でももう逃《に》げることはできない。今向き合わなかったら、私はこの先ずっと後悔《こうかい》する。

緊張で強張った声で、自分の中に溜《た》まった言葉を少しずつ吐《は》き出《だ》していく。

「私……沙羅ちゃんがいじめられていることをわかっていて……ずっと見て見ぬふりをしてたの」

保健室で今までのことを説明した沙羅ちゃんは、私が沙羅ちゃんのいじめに気づいていたのになにもしなかったことを言わなかった。

私のためを思って言わないでいてくれたのかもしれない。けれど、お母さんとお父さんには、きちんと言わないといけない気がした。

いじめをしている側の人たちと一緒にいて、止めなかった。それは私もいじめていたのと変わらない。自分の身を守って最低なことをした。被害者ぶって傷ついていても、私だって加害者だった。

「ごめん……こんな娘《むすめ》でごめんね」

人のことを傷つけるような娘で幻滅《げんめつ》したよね。卑怯《ひきよう》で弱虫で情けない。叱られる覚悟をしていたはずなのに、いざとなると震えるほど怖い。大切な人に嫌《きら》われたら、いらないと切《き》り捨《す》てられたら……そんな恐怖《きようふ》が心を侵食《しんしよく》していく。

「そんなこと言わないで」

お母さんの声が僅かに震えていて、顔を上げると目に涙を溜めている姿が映《うつ》った。

いじめはよくないこと。それをきちんと自覚して行動に移《うつ》せたから、今があるのでしょう？　とお母さんが私に問いかける。

「なにひとつ間違えない人なんていないよ」

ずっと黙って聞いてくれていたお父さんが静かに口を開いた。

「大事なのは間違いに気づいたあと、どうするかだよ。祥子ちゃんは沙羅ちゃんって子に謝罪《しやざい》をして、和解《わかい》したんだよね」

「でも……それでも、私は」

「それなら次は、大切にするんだよ。傷つけたことを許してくれた沙羅ちゃんの優しさを踏《ふ》みにじらないためにも」

その言葉に、私は自分の手のひらを見つめ、ぎゅっと握りしめる。

私のことを悪く言う彼女たちから庇ってくれた沙羅ちゃんは、私の謝罪を受け入れてくれた。階段から落ちたとき、真っ向から戦ってくれた。そんな沙羅ちゃんを、私は今度こそ傷つけず、大切にしていきたい。

「ずっと、気づけなくて、ごめんね。祥子」

お母さんに悲しい顔をさせているのは私だ。そのことを覚えておかないといけない。もう同じ過《あやま》ちを繰り返さないためにも。

「一人ですごく苦しんで、悩んでいたのよね。これからは、もっと祥子の話を聞かせてくれる？」

あの喫茶店《きっさてん》に行くまで、私の話を聞いてくれる人なんていないと思っていた。けれど、本当はこんなに近くに、私の声に耳を傾けてくれる人がいたんだ。

『ショーコ、思っているだけじゃ気持ちは伝わらないんだよ。だから、言葉があるんだ』

『自分が邪魔《じゃま》だなんて決めつけんなよ』

喫茶店の人たちの言葉がぽつりぽつりと降《ふ》ってくる。それはまるでお守りのように、不安定な私の心を支《ささ》えてくれる。

踏《ふ》み出《だ》そうと決意をして深く息を吸《す》い込《こ》む。

「あのね、お父さん、お母さん」

怖がって不安がって言葉を自分の中で腐《くさ》らせていくのは、もう終わりにしよう。

「私、ずっと寂《さび》しかった……二人にとって、私は……っ、いない方がいいんじゃないかって、思ってたの」

溢《あふ》れ出《で》てくる涙を袖口《そでぐち》で拭《ぬぐ》いながら、必死に想《おも》いを告げる。赤ちゃんが生まれたら、私は邪魔かもしれないと悩んでいたこと、心配をかけたくなくて学校の話もできなかったこと。それでも本当は話を聞いてもらいたかったこと。聞き取りづらい涙声《なみだごえ》で時折言葉に詰まってしまったけれど、お母さんもお父さんも私の話を最後まで聞いてくれた。

「……祥子ちゃん、ごめんね。祥子ちゃんに嫌われるのが怖くて、なかなか踏《ふ》み込《こ》んで話せなかったんだ。だけどそれが不安にさせてたんだね。本当にごめん」

お父さんは悲しげな眼差しで、初めて本当の気持ちを教えてくれた。

まさかお父さんも嫌われるのが怖いと思っていたなんて、想像したこともなかった。私にとって大人は……〝お父さん〟という存在は、そんなことには動じないくらい強いものだと思っていた。だけど、そうじゃなかった。私と同じ思いを抱《かか》えていたんだ。

お父さんの隣に座っているお母さんが鼻を啜《すす》り、指先で涙を拭う。

「再婚《さいこん》して家にいるようになって、祥子にもう寂しい思いをさせずに済《す》むって思っていたの。でも……もっと祥子の気持ちに歩みよるべきだったわね」

お母さんは小学校の頃から私が外に遊びに行かずに、家の手伝いをしていたことを気にしていたみたいだった。再婚して距離《きより》ができたことや、私が家であまり話さなくなったことを心配していたけれど、思春期だから口を出しすぎるのはよくないと思っていたそうだ。

「最近、祥子の様子がおかしいって気づいていたの。けど、なにかあれば話してくれると思って聞かなかった。そんなこと考えずに私がもっと早く祥子の話を聞いていたら、今日みたいなことにはならなかったかもしれないのに」

「お母さん……」

「ごめんね、祥子」

ずっとお父さんとお母さんの気持ちを知るのが怖かった。知ってしまえば、もう後戻《あともど》りはできないと、憂苦《ゆうく》に胸《むね》が押しつぶされそうだった。

でも、今なら二人が私のことを気にかけて、大事に思ってくれていたことがわかる。

「……私、ここにいてもいい？」

「当たり前でしょう」

「邪魔だなんて一度も思ったことないよ。祥子ちゃんは、血が繋《つな》がっていなくても娘なんだから」

言葉にしないと気づけないことってたくさんあるんだ。ずっとほしかった言葉が寄《よ》り添《そ》うように温かく心に広がっていく。

「……ありがとう」

涙と一緒に想いが零《こぼ》れ落《お》ちていった。お母さんの手がそっと私の手に重なる。本当は一人じゃなかったのだと、伝わる温度が教えてくれた。

「覚えていないかもしれないけどね、祥子ちゃんが幼《おさな》い頃から、実は時々一緒に遊んでいたんだよ」

お父さんが当時のことを思い出すように目を細めて穏《おだ》やかに微笑む。

「そうなの？」

血の繋がったお父さんは私が生まれる前に亡《な》くなり、お母さんは一人で私を中学生まで育ててくれた。そして、高校に入学する前に今のお父さんと再婚したのだ。

「覚えてなくても仕方ないよ。祥子ちゃんはまだ小さかったから」

二人が大学の同級生だったというのは聞いていたけれど、小さい頃に会っていたのは初めて聞いた。転勤《てんきん》でしばらく会えなくなって疎遠《そえん》になってしまったけれど、私が物心つく前から幼稚園生《ようちえんせい》くらいまではよく遊んでくれていたそうだ。

「再会《さいかい》したときは、あの小さな子がこんなに立派《りっぱ》に育っていて嬉しかったんだけど、祥子ちゃんは思春期だったし、あまり馴《な》れ馴《な》れしくしちゃダメかなと思っていたんだ。でも逆効果《ぎゃくこうか》だったね」

お父さんの大きな手が私の頭を優しく撫《な》でてくれた。お父さんの想いが嬉しくてくすぐったくて、今まで勝手につくっていた壁《かべ》がゆっくりと溶《と》けていく。血が繋がっていなくても、私のお父さんだって思ってもいいのかな。

「覚えてない人がいきなり一緒に住んで自分の父親になるなんて、複雑《ふくざつ》だったよね。もっと祥子ちゃんの気持ちを考えるべきだった」

そんなことないと首を横に振る。再婚の話だって、すぐにというわけではなかった。何度も食事をする機会や一緒に過ごす日をつくってくれて、時間をかけてお母さんとお父さんは再婚をした。それは私のことを一番に考えてくれていたからだ。それなのに二人に子どもができて、勝手に疎外感《そがいかん》を覚えて距離を置いたのは私の方だ。

まだ受け入れてもらえるのなら、今度こそ家族としての時間を一緒に過ごしていきたい。〝四人〟家族になりたい。

お父さんに名前を呼ばれて顔を上げると、真剣な瞳《ひとみ》と視線が重なる。

「祥子ちゃんのお父さんにしてくれる？」

お互《たが》いに不器用で言葉が足りなくて、ぎこちない距離しか築《きず》けなかった。けれど、もう一度ここから始めよう。

「もう、お父さんだよ」

ゆっくりと口を動かして、自然と顔が綻《ほころ》ぶ。すると、お父さんの目から涙が溢れ出して鼻を真っ赤にしながら泣き出した。

「泣かないの」

お母さんがティッシュを渡《わた》すと、お父さんは笑いながら涙を拭う。

「だって、こんなに嬉しいことなかなかないよ」

自分が幸せ者だということを、私は知らなかった。一人じゃ気づけなかったけれど、周りの人たちのおかげで気づくことができた。

「お母さん、お弁当《べんとう》とか家のこととか、いつもありがとう」

「え……」

「これからは私にも家のこと手伝わせて？」

少しでもお母さんの負担《ふたん》を軽くしてあげたい。一度は忘《わす》れてしまった夢だけれど、再《ふたた》び料理をしたい。そしたら、また美味《おい》しいって言って笑ってくれるかな。

今度はお母さんが泣き始めて、両手で顔を覆《おお》った。

「いい子に育ってくれてよかったね」

お父さんの言葉にお母さんは咽《むせ》び泣《な》きながら何度も頷いてくれた。それにつられるように私の頬に涙が伝っていく。

消えたいと願っていた私の日常は変わり始めている。


お父さんとお母さんとたくさん話をした夜、寝《ね》る前に再びあの箱を開けた。そこに入っているレシピ本を手に取って、パラパラとページを捲《めく》る。

久しぶりにお菓子《かし》を作ってみようかな。そして、それを家族や沙羅ちゃん、喫茶店の人たちにプレゼントしたい。うまくできるまで何度だって諦めずに作ろう。どうか大事な人たちが笑顔になってくれますように。そんな想いを込《こ》めて。

六章　さよならの選択《せんたく》

休日、久《ひさ》しぶりにお菓子《かし》作りに挑戦《ちょうせん》してみると、自分の手際《てぎわ》の悪さに頭を抱《かか》えた。やっぱりしばらく作っていないと、感覚を取《と》り戻《もど》すのに時間がかかるみたいだ。

小学校の頃《ころ》は毎日のようになにかを作っていたので、今よりもずっと子どもだったのに作業は断然《だんぜん》早かった。

オーブンに入ったアイスボックスクッキーの様子を時折覗《のぞ》きながら、溜《た》まった器具を片《かた》づけていく。

お母さんはお腹《なか》に赤ちゃんがいるのに毎日料理を作って食器を洗《あら》って、洗濯《せんたく》や掃除《そうじ》もしてくれていたんだと思うと、自分がいじけてなにもやってこなかったことを反省する。

ちょうど器具を洗い終わった頃、電子音が聞こえてきた。ようやくクッキーが焼き上がったみたいだ。わくわくしながらオーブンを開けると、焼きたてのクッキーの甘《あま》い匂《にお》いが漂《ただよ》う。

食欲《しょくよく》をそそる香《こう》ばしい匂いに、生唾《なまつば》を飲んだ。早速《さっそく》一枚《まい》味見をしてみると、思ったよりも熱くてびっくりしたけれど、味はちょうどよい甘さで美味《おい》しい。これなら渡《わた》せそうだ。

上機嫌《じょうきげん》になりながらクッキーを数枚お皿に移《うつ》して、リビングでくつろいでいるお母さんとお父さんに持って行く。

お母さんもお父さんもクッキーを食べて、「美味しいよ」と言ってにっこりと微笑《ほほえ》んでくれた。

この顔がずっと見たかったのだと、嬉《うれ》しさが心に滲《にじ》む。まだ少しぎこちない距離《きょり》をすぐには埋《う》められなくても、ゆっくりと変えていきたい。

久しぶりで不安だったけれど、うまくクッキーが作れたのでよかった。明日沙羅《さら》ちゃんや喫茶店《きっさてん》のみんなに持っていくのが楽しみだ。

◆

翌日《よくじつ》、学校に行くと藤本《ふじもと》先生に呼《よ》び出《だ》された。

裏掲示板《うらけいじばん》の削除依頼《さくじょいらい》を管理人にしているらしい。消えるかどうかはわからないけど、とりあえず動いてはくれるみたいだった。

「吉田《よしだ》さん、これからはなにかあればすぐに言ってね」

先生がどんな考えで、なにを変えていこうとしているのかはわからないけど、先生も少しずつ変わり始めているのかもしれない。それでも私《わたし》はすぐに先生を信じることなんてできない。ただ窶《やつ》れたように見える藤本先生にそうとは言えず、わかりましたとだけ返した。

裏掲示板といえば、階段《かいだん》から落ちたことがきっかけでその存在《そんざい》が教師《きょうし》に知《し》れわたったことを知った生徒たちは、警戒《けいかい》し始めたのか最近では書《か》き込《こ》みが激減《げきげん》した。

彼女《かのじょ》たちも書き込んでいる様子はない。

だけどそんなの一時的なことで、この先どうなるかもわからないし、また誰《だれ》かをターゲットにして書かれていくのだろう。ひょっとしたら書き込む場所が掲示板から、別のコミュニケーションツールになるだけかもしれない。

現《げん》に今、学校では様々なアプリが流行《はや》り、多くの生徒たちが自分の日常《にちじょう》を投稿《とうこう》して、そこで交流をしている。SNSという存在が私たちの日常に染《し》みつき、ほとんどの人にとってなくてはならないものになっているからだ。

周りの人に言えないことを、画面越《ご》しの知らない相手だからこそ話せる、そういう人だっているのだ。

でも使い方次第《しだい》で毒にもなることを、私は身を以《もっ》て知った。妬《ねた》みや嫉《そね》み、真実を歪《ゆが》めて面白《おもしろ》おかしくつくられた他者を陥《おとしい》れる話題。誰かを傷《きず》つけているとわかっていても、人はその情報《じょうほう》を娯楽《ごらく》のように求めて、思考を操作《そうさ》され、人間関係が簡単《かんたん》に変わっていく。

もう振《ふ》り回《まわ》されるのはやめよう。そう決意をして、私は履歴《りれき》をすべて削除した。

あの裏掲示板は二度と見ない。

「その方がいいと思うよ。あんなところ見たって絶対《ぜったい》いいことないしさ」

沙羅ちゃんにそのことを話すと、深く同意してくれた。私が裏掲示板に振り回されて、一方的に傷つくことを心配してくれていたみたいだ。

そしていじめていた彼女たちは、おとなしくなった。騒《さわ》ぎになったことがきっかけでいじめの事実を知った生徒たちが増《ふ》えて、居心地《いごこち》が悪いのだろう。

あれから彼女たちと一切目が合っていない。前みたいに陰《かげ》でこそこそと言われている感じもない。むしろ休み時間になると彼女たちはどこかへ消えていき、私や沙羅ちゃんに関わろうとする様子もなかった。

和解《わかい》をして綺麗《きれい》に元通り。そんな都合のいい終わりではないけれど、ようやく終わったのだと思った。

悪意に満ちた言葉や視線《しせん》に悩《なや》まされて、呼吸《こきゅう》をすることさえ苦しかった日々が変わっていく。空気が肺《はい》までしっかりと落ちて、ゆっくりと吐《は》き出《だ》した。

「あのね、これ」

私はカバンから取り出した花柄《はながら》の透明《とうめい》な袋《ふくろ》を沙羅ちゃんの机《つくえ》に置いた。

「クッキー？」

「うん、よかったらもらって？」

昨夜作ったアイスボックスクッキーは、なかなかの出来だと思う。沙羅ちゃんは嬉しそうにはにかむと、クッキーの入った袋を手に取った。

「もしかして手作り？」

「うん」

「すごいね！　ありがとう、嬉しい！」

こういう笑顔《えがお》が見たくて私は作ることが大好きになったのだ。沙羅ちゃんにも喜んでもらえてよかった。

「あれ、他にも誰かにあげるの？」

私のカバンから覗く同じ袋を見て、沙羅ちゃんが不思議そうに首を傾《かし》げた。

「うん、実はね――――」

沙羅ちゃんに喫茶店で出会ったラムさんや黒さん、マスター、皐月《さつき》くんの話をした。

辛《つら》いときに私を支《ささ》えてくれた温かな人たちだということ、そして皐月くんが同じ学校の先輩《せんぱい》だという話もした。

「元サッカー部で、三年生の皐月くん……か」

そう呟《つぶや》いて、沙羅ちゃんはなにか考え込んでいる様子で顎《あご》に手を添《そ》えている。そういえば沙羅ちゃんはサッカー部のマネージャーをやっているんだった。

「もしかして、知ってるの？」

「……〝皐月〟って名前に聞き覚えがあって」

「え、本当に⁉」

沙羅ちゃんはいじめの件《けん》があって学校にいづらくても、部活には休まず出ていたそうだ。思い出したように沙羅ちゃんは大きな目を見開いて、手を合わせた。

「あ、そうだ。鈴井《すずい》先輩の下の名前が皐月だ。……いやでも」

「鈴井先輩？」

「そう、三年の元サッカー部の人なんだけどね……」

そういえば、皐月くんの苗字《みようじ》までは聞いたことがなかったので、その人が喫茶店の皐月くんと同一人物なのかはわからない。

「でも、違《ちが》う人だよ」

「違う人？」

何故《なぜ》か沙羅ちゃんの表情《ひようじよう》は強張《こわば》っているように見える。

「うん、だって鈴井先輩が喫茶店でアルバイトしているわけがないから」

高校生ならアルバイトをしていてもおかしくない。それに皐月くんはもう部活を辞《や》めていると言っていた。なにも変なことはないはずなのにどうしてだろう。

「……鈴井先輩って事故《じこ》で入院して、まだ意識戻《いしきもど》ってないらしいんだ」

「え……」

「だから、祥子《しょうこ》の知ってる喫茶店の皐月くんとは別人だと思う」

沙羅ちゃんの言う通り、それなら皐月くんと鈴井先輩は別人だ。そういえば、皐月くんはいつ頃《ごろ》サッカー部を辞めたんだろう。

「んー、他に皐月って名前で元サッカー部の先輩なんていたかなぁ。先輩たちに聞いてみるね」

「私も、皐月くんに苗字聞いてみる！」

そういえば皐月くんのことだけじゃなくて、黒さんやラムさん、マスターの本名も知らない。濃《こ》い時間を過《す》ごしてきたから勝手に親しくなったつもりでいたけれど、私はまだまだ知らないことが多かった。

◆

放課後、校門前で沙羅ちゃんと別れると、あの三人組と鉢合《はちあ》わせした。

先生たちが彼女たちといじめの事実に関して話し合っていることは知っている。でも私はなにひとつ彼女たちと話し合っていない。いじめは終わったけれど、これで本当にいいのだろうか。

いつも私にこっそりと声をかけていた彼女が気まずそうに私から視線を逸らす。カバンについたキーホルダーを見て、脳裏《のうり》に懐《なつ》かしい記憶《きおく》が浮《う》かんだ。

四人でお揃《そろ》いの物を買おうって話になって、これがいいあれがいいって話し合いながら決めたキーホルダー。あの頃は些細《ささい》なことが楽しくて笑ってばかりで、私たちにしかわからないような会話で盛《も》り上《あ》がってはしゃいでいた。こうして思い返すと嫌《いや》なことだけじゃなかった。

〝祥子って、なにを考えているのかわからない〟

そこに彼女たちの本心が含《ふく》まれていたのだとしたら……？　もしかしたら彼女たちも不安やもどかしさを抱えていたのかもしれない。

「っ、待って！」

歩き出そうとする三人の背中《せなか》に向かって声をかける。振《ふ》り返《かえ》った彼女たちは警戒したように強張った表情をしていた。

「……なに？　うちらと関わりたくないんじゃないの？」

棘《とげ》のある言葉に一瞬《いっしゅん》怯《ひる》みそうになったけれど、ぐっと堪《こら》えてまっすぐに彼女たちを見つめる。

「あの……あのね、私……自分のことを話すのがすごい苦手で……人と距離を置いちゃうことが多かったんだ。私のそういうところで嫌な思いをさせていたなら、ごめんなさい」

どうでもよさそうにされて帰ってしまうかと思っていたけれど、彼女たちは黙《だま》って私の言葉を聞いてくれている。

今でも自分の気持ちを曝《さら》け出《だ》すのは怖《こわ》い。だけど言わなくちゃ伝わらない。私たちはこじれてしまったけれど、元々は友達で、笑い合っていた時間だってあった。全部なかったことになんてしたくない。

「同じクラスになって、話しかけてもらって仲よくなったとき嬉しかった。お揃いのキーホルダーを選んだときも、帰り道で動画撮って遊んだことも、お泊《と》まり会をしたときも、私、楽しかった！」

気持ちが高ぶってしまって、声が少しだけ震《ふる》える。うまく伝えられているだろうか。

「でも、沙羅ちゃんへのいじめが始まってから怖くなった。いつ自分がいじめられる側になるんだろうって、不安だった」

私の言葉に彼女たちの表情が曇《くも》っていく。楽しかった記憶をなかったことにしたくないのと同じで、人を傷つけたことをなかったことにしちゃダメだ。

「だけどやめなよ、って言うこともできなくて、流されてなにも言わないことで、自分を守ってた」

いじめで傷ついた沙羅ちゃんの気持ちも、失恋《しつれん》で傷ついていた友達の気持ちも私は考えていなかった。自分のことばかりだったんだ。

「……私だって最初からいじめをしたかったわけじゃない」

消えそうなくらい小さな声が聞こえてきて、息もつけないほど驚《おどろ》く。

「だけど気づいたらこうなってて、自分でも止まらなくて……っ、悪いことしてたのはわかってるよ！」

一気に感情《かんじょう》を吐き出した彼女の目には涙《なみだ》が滲んでいた。いつも強気だった彼女が泣きそうになっている姿《すがた》を初めて見る。

「でもどうしたらいいのかわかんなかったの！」

自分の過《あやま》ちに気づいても、学校中に広まってしまった以上、彼女たちは周囲から厳《きび》しい目を向けられたままだ。いじめをして人を傷つけた事実は綺麗さっぱりなかったことになんてできずに残り続けていく。

「私、もう流されない」

三人に向かってはっきりと宣言《せんげん》する。直接《ちょくせつ》嫌がらせをしていなくても、物理的に痛《いた》めつけていなくても、私は見て見ぬふりをしていた。もうそんな自分に戻りたくない。

「……私らだって、もういじめたりしないし」

最後にぼそっと言って三人は私に背《せ》を向けて歩いていく。すると、一人が足を止めてくるりと振り返り、大きな声を上げた。

「祥子！」

私にこっそりと話しかけていたあの子だった。彼女は今にも泣きそうな表情で言葉の続きを口にする。

「私も同じだった。自分がいじめられるのが怖かったの。謝《あやま》って済《す》む話じゃないけど……ずっと、ごめんなさい」

そう言って頭を下げると、再《ふたた》び前を向いて歩き出す。彼女も、私と同じで不安を抱えていたんだ。自分のことばかり考えていた私は、そのことにすら気づけなかった。

私は足の力が抜《ぬ》けて、その場に座《すわ》り込《こ》む。膝《ひざ》ががくがくと震えて、目にはうっすらと涙が浮かんだ。

自分の気持ちを彼女たちに伝えるのはこれまでになく緊張《きんちょう》した。だけど、そうすることによって、ようやく私は自分の中で彼女たちとの区切りがついた気がした。

私も彼女たちも前みたいに元通りにはなれない。けれど過ちに気づいたのなら、今度は同じことを繰《く》り返《かえ》さないように友達を大事にしていこう。友達が間違《まちが》ったことをしているのなら、今度こそ私は止めることができる人になりたい。

学校を出て、喫茶店を目指して歩き出す。冷たくて心地《ここち》よい風が私の髪《かみ》を揺《ゆ》らした。夏の名残《なごり》が消えていき、最近ではすっかり秋らしくなってきた。

シャツの上にブレザーを羽織《はお》るようになり、青々としていた並木道《なみきみち》は黄金色《こがねいろ》や橙色《だいだいいろ》に染《そ》まっていく。

喫茶店にたどり着く前までは、これから先に希望なんてないと思って諦《あきら》めていた。けれど、人との出会いや関わり合い、勇気を出して踏《ふ》み出《だ》したことによって、いくらでも変わっていけるのだと知ることができた。夕焼け空のような並木道を通《とお》り過《す》ぎ、歩き慣《な》れてきた坂道へと足を踏み出す。

出口が見えず、暗澹《あんたん》としていた夏がようやく終わったのだ。

◆

いつもの坂を登ると、目を疑《うたが》うような光景に唖然《あぜん》とした。

道が枝分《えだわ》かれしていて、あの喫茶店があった場所が道になっていたのだ。まるで最初から、ここに喫茶店などなかったかのように。

「なんで、ないの……？」

驚愕《きょうがく》のあまり思わず声を上げてしまった。

ここにはあの喫茶店が建っていて、道なんてなかったはずだ。それなのに、どうして跡《あと》形《かた》もなく消えているのだろう。

ラムさん、黒さん、マスター、皐月くん、それぞれの顔が思《おも》い浮《う》かぶ。

このまま会えなくなるのは嫌だ。もっとたくさん話がしたかった。喫茶店がなくなるなんて聞いていない。お店をたたむのなら教えてほしかった。

けれど、やっぱりおかしい。お店をたたんだとしても店舗《てんぽ》が跡形もなく消えて今までなかった道が急に現《あらわ》れるなんて変だ。

いったいなにが起こっているのだろう。道を間違えたのかと思ったけれど、ここまでは一本道だ。

私だけなにも知らなかったの？　お別れすらできないの？

皐月くんの〝さよなら〟はもう会えないことを知っていたからなの？

頭がついていかず、なにが起こっているのかわからない。

その場に座り込んで、顔の前で両手をきつく結ぶ。

お願い、このままなんて嫌だ。お礼くらい言わせて。


――もう一度だけでいいから、みんなに会わせて。


ふわりと、生温かい風が吹《ふ》いた。

顔を上げると、先ほどまで道だった場所が見慣《みな》れた喫茶店に変わっている。

「え……？」

これは夢《ゆめ》なのだろうか。

先ほどまでなかったものがいきなり現れるなんて、普通《ふつう》はありえない。それでも今この喫茶店に入らなければ、もう二度と彼《かれ》らに会えない気がする。

おそるおそる喫茶店の扉《とびら》を開けると乾《かわ》いた音でベルが鳴り、中にいた黒さんとラムさんとマスターが一斉《いっせい》にこちらへ顔を向けた。

「あーもー、馬鹿《ばか》だなぁ。なんでまたここに来ちゃったんだよ」

ラムさんが憂《うれ》い顔で呟く。けれど、その理由が私にはわからない。

「あのね……っ、変なの！　喫茶店が急になくなったり、現れたりして……」

「それは、ショーコちゃんが自分を捨《す》てない道を選んだからよ」

困惑《こんわく》している私に、黒さんが宥めるように言いながら微笑んだ。

「捨てない道？」

状況《じょうきょう》がまったく飲《の》み込《こ》めない。みんなの反応《はんのう》を見る限《かぎ》り、この中で理解《りかい》していないのは私だけみたいだった。

捨てない道とはどういう意味か、喫茶店が消えたり現れたりすることとどのような関係があるのだろう。

「ショーコちゃん、落ち着いて聞いてね」

黒さんはいつも通りの穏《おだ》やかで優《やさ》しい表情をしている。けれど、私を見つめる瞳《ひとみ》が寂《さび》しげに揺れていた。

「この喫茶店はね、『自分を捨てた人』か『捨てようとしている人』しか入れない場所なの」

「自分を捨てた人……？」

その言葉の意味を理解するよりも先に、普段《ふだん》よりも少し低めの声でラムさんが話を続ける。

「つまりさ、自殺した人間と自殺をしたい人間しか来ることができないんだよ」

「っ……、じゃあ……私も？」

「そうだね」

死のうなんてはっきりと考えたことはなかったけれど、消えたいと願っていた私は、何度もこの喫茶店にたどり着いた。でも、急に喫茶店にたどり着けなくなった。それは、様々な問題に向き合ったことで消えてしまいたいと思っていた原因《げんいん》がなくなったから……。

「ここにいる人はみんな、そのどちらかなんだよ」

私よりも大人で、いつもアドバイスをくれて、自身の後悔《こうかい》や苦しみと向き合えているように見えたみんなが、死んでしまいたいと思っているということになる。そのことに衝撃《しょうげき》を受けた。

「みんなも私と、同じなの……？」

私の問いかけに、ラムさんが首を横に振った。

「ごめんね、ショーコ。あたしたちはもう全部投げ出しちゃった人なんだ」

「投げ出しちゃったって……どういうこと？」

身体《からだ》が強張り、震える手を握《にぎ》りしめながら浅い呼吸を繰り返す。

「ショーコとは違うってことだよ」

「つ、そ、そんなこと急に言われてもわかんないよ……」

「そうだね。いきなりこんなこと言われても驚くよね」

嫌だ。信じたくない。いっそのこと耳を塞《ふさ》いでしまいたい。けれど、今聞かなくちゃいけない気がした。

「ここに来た人がどちらなのか、見分ける方法はひとつ」

嫌な汗《あせ》が額や手のひらに滲《にじ》み、痛みを感じるほど下唇《したくちびる》を強く噛《か》む。

「名前を覚えているか、いないかだ」

「――っ」

夢だったらいいのにと思う。けれど噛んだ唇《くちびる》の痛みはしっかりと残っていて、これが現実《げんじつ》だと物語っている。

「自殺した人間は、つまり自分を捨てたってこと。だから名前すらも捨てたことになるんだ。死んだ経緯《けいい》をずっと鮮明《せんめい》に覚えているのは、自ら死を選択した代償《だいしょう》なんだろうね」

嘘《うそ》だと、冗談《じょうだん》だと言ってほしい。けれどラムさんはいつものような明るくて軽い口調ではなく、真剣《しんけん》だった。

「私たちは、名前がないからあだ名をつくって呼《よ》び合っているのよ」

「……本当に、もう……死んでいるの？」

私はみんなの本名を知らなかった。あだ名は本名からとっているものだとばかり思っていたけれど、ラムさんが指差したお酒のボトルを見て目を見張《みは》った。そこには【RUM】と書いてある。

「く、黒さんは……」

「見ての通りよ。死ぬときに喪服《もふく》として黒い格好《かっこう》を選んだの」

ラムさんも、黒さんも本名で呼ばれていない。それなら、朗《ほが》らかな笑《え》みを浮かべている〝マスター〟もだ。

「僕《ぼく》らはね、生きることを投げ出してしまったんだ」

普段なら落ち着くはずの穏やかなマスターの声が、今は不安を煽《あお》っていく。

「そんなこと……っ」

信じたくない。だって触《ふ》れたら温かかった。生きている人間の体温だった。こうやって話もしているのに、死んでいるなんて信じられない。

「あたしは話した通り、恋人《こいびと》と親友に裏切《うらぎ》られて自殺した」

「……私もこの間話した通りよ。『歌』という唯一《ゆいいつ》残った希望すら失って、死を選んだの」

「僕も妻《つま》に裏切られてしまってね……。生きることに意味を感じられなくなってしまったんだ」

目の前にいるラムさんも、黒さんも、マスターももうこの世にいないなんて信じたくない。こんなのありえない話なのに、みんなが嘘をついているようにも思えなくて笑い飛ばすことができない。

「さ、皐月くんは……？」

いつもなら喫茶店にいるはずの彼の姿が見当たらない。すると喫茶店のドアが勢《いきお》いよく開いた。

ベルが乱暴《らんぼう》に揺《ゆ》れ動《うご》き、皐月くんが酷《ひど》く困惑したような表情で喫茶店へと入ってくる。

「皐月も、ちゃんと選べたんだね」

ラムさんの言葉に、皐月くんは泣くのを堪えるかのように辛そうに眉根《まゆね》を寄《よ》せた。

「もうショーコは、全部知ったんだな」

「……全部わかっていたから、皐月くんは最初に私の名前を聞いたの？」

出会ったとき、私が名前を告げたら皐月くんは顔を顰《しか》めていた。きっとあのとき私が『自殺をしたい人間』だということに気づいたんだ。

「皐月くんは……名前を覚えているんだよね？」

「……ああ。足壊《こわ》してサッカー部辞めて、死にたいって自暴自棄《じぼうじき》になっていたら交通事故に遭《あ》ってさ……気がついたら自分の身体から切《き》り離《はな》されてた」

皐月くんの言葉を聞いて、沙羅ちゃんが話していた事故に遭った先輩の話が、ようやく繋《つな》がった。

「もしかして皐月くんって意識不明で入院している鈴井先輩なの？」

私の問いかけに、皐月くんが目を見開いた。

「……そんなことまで知ってんだな。同じ学校だし、調べたらすぐわかるか」

やっぱり沙羅ちゃんが言っていた先輩と皐月くんは同一人物だったんだ。

「でも身体から切り離されてるってどういうこと……？」

「俺自身《おれじしん》が自分の身体に戻ることを拒絶《きょぜつ》して、そのまま生きるか死ぬかを迷《まよ》ってた。そうしたらこの喫茶店にたどり着いたんだ」

今ここにいるのが皐月くんの実体《じったい》ではないということに驚いた。触れたこともあるし、体温だってしっかりあったはずだ。でもそれはラムさんや黒さん、マスターも同じことで、ここにいるみんなは触れられるのに、実体のない存在なのだ。

「生きていたいって気持ちもあったけど、全部投げ出したら楽になれるのに、とも思った。だけどショーコが、自分の問題と向き合って頑張《がんば》ってる姿を見て、俺《おれ》はこのままでいいのかって悩むようになった」

変わるきっかけを私がみんなにもらえていたように、私も皐月くんが変わるきっかけを与《あた》えられた一人になれていたみたいで胸《むね》が熱くなる。

「夢ってひとつじゃなくていいんだよな、マスター」

「そうだね」

皐月くんの問いかけにマスターが目尻のしわを深くして微笑む。すると皐月くんは迷いのない表情で、力強く言葉を紡《つむ》いだ。

「じゃあ、これからは他の夢を見つけられるように生きてみる。俺も、もう一度頑張りたい」

皐月くんの決意にラムさんも黒さんも、マスターも嬉しそうに頷《うなず》いた。皐月くんが生きることを選んでくれたのが嬉しくて安堵《あんど》すると、カランと氷がグラスに当たる音が聞こえた。振《ふ》り向《む》くとラムさんが切なげに目を細めて、唇をゆっくりと動かす。

「それならもうお別れだ」

「……そんな、お別れだなんて……もっとみんなと話したいことたくさんあるのに」

「……ショーコ」

わかってる。消えてしまいたいという思いのなくなった私が、彼らに会えるのはおそらくこれが最後だ。それでも喫茶店が現れたのは、神様がくれた時間なのかもしれない。

「もう二度と会えなくなるなんて。そんなの……嫌だ」

死にたいと思った人や死んでしまった人しかたどり着けない場所でも、私はこの場所とみんなに救われて前向きになれた。だから大切なこの場所と、みんなと、さよならなんてしたくない。

「あたしさ……ショーコに出会えてよかったよ。会えなくなるのは寂しいけど、生きる道を選んでくれたことがすごく嬉しい」

「私だってっ、みんなに出会えてよかった！　私、みんなの存在に支えられてた」

私の背中を押《お》してくれたのは、みんながくれた言葉たちだ。

「ショーコ、泣くなって」

「だって……嫌だよ」

出会えなかったら、きっと今の私はなかった。沙羅ちゃんと友達になることも、家族との距離を縮《ちぢ》められたことも、みんながいてくれたから一歩を踏み出すことができたんだ。

「あたしだって、生きているときに出会いたかった。けど生きているときだったらきっと出会わなかった」

ラムさんが立ち上がり、私のことを強く抱《だ》きしめてくれる。

「それくらいあたしも、ショーコも、他のみんなも違いすぎる人生を歩んでた」

縋《すが》りつくようにラムさんの背中に腕《うで》を回す。こんなに温かいのに死んでいるなんて思えない。夢であってほしいと願いながら、涙が止まらなかった。

ラムさんが私の腕をそっと離《はな》すと、今度は黒さんが私の頰《ほお》に伝った涙を指先で拭《ぬぐ》ってくれる。黒さんの手も温かかった。

「黙っててごめんね。ショーコちゃん」

「っ……黒さん」

「私たちはショーコちゃんのことが大好きよ」

黒さんが穏やかに微笑んだ。いつもと変わらない笑みなのに、寂しそうな眼差《まなざ》しに思えて胸がずきりと痛む。

まさかこんな形で別れが来るなんて思わなかった。

普通なら喫茶店が閉店《へいてん》してしまっても、連絡先《れんらくさき》さえ交換《こうかん》すればまた会うことができる。けれど、この別れは永遠《えいえん》だ。

もう二度と会うことは叶《かな》わない。

「こんなあたしたちと出会えてよかったって言ってくれてありがとう。まだまだショーコたちには先がある」

「ラムさん……」

「きっと辛いことだって、たくさんあると思う。けど、あんたたちのことを大好きだって思う人がいることを忘《わす》れないで。……自分らしく生きるんだよ」

「……っ、うん」

流されて生きていた私は、喫茶店のみんなのおかげで、自分らしさを見つけた。

心を偽《いつわ》らずに想いを言葉にして伝える大切さを学び、友達や家族を大事にしたいと思うようになった。そして忘れていた夢を思い出して、再び私は料理の楽しさを知れた。

「まあ、あたし個人《こじん》としてはさ、ショーコにも皐月にも、これからめいっぱい笑って幸せな日々を過ごしてほしい。……それがあたしの願いだよ」

黒さんの肩《かた》に腕を回したラムさんが、ほんの少し潤《うる》んだ目を細めて微笑んだ。

生きる道を進むこと。それはもう喫茶店のみんなには会えないということだけれど、みんなが望んでくれたことだ。

振り返って立ち止まってもいい。だけど、辛くても苦しくても、もう私は私を捨てようとしたくない。

「俺……ショーコに出会えてよかった」

皐月くんが優しく柔《やわ》らかな表情で言った。その眼差しから、心からそう思ってくれているのが伝わってくる。

ラムさんがいつものようにからかってくるかと思ったけれど、今日は私と皐月くんのことを見守ってくれていた。だから私も恥《は》ずかしさを飲み込んで、素直《すなお》な気持ちを皐月くんへと返す。

「私も皐月くんに出会えてよかった」

皐月くんとの出会いはあまりいいものではなかったけれど、彼のことを知っていくにつれて印象が変わっていった。いつのまにか私は、帰《かえ》り際《ぎわ》に喫茶店の前で皐月くんと話をする時間が好きになっていたんだ。

「ここから出たら……俺は傍《そば》にいないと思う」

「……うん」

皐月くんは意識だけがここに来ているという話だから、きっと目覚めたら病院にいるのだろう。だから私はここを出たら、喫茶店があったはずの場所でひとりぼっちだ。

「絶対に会いに行くから」

「え……」

「ショーコのこと必ず見つける。だから、待っていてほしい」

皐月くんのまっすぐな瞳には希望が差《さ》し込《こ》んでいるように見えて、安堵する。彼ももう大丈夫《だいじょうぶ》だ。消えようなんて思っていない。

「待ってるね」

私の返答を聞いて、皐月くんが珍《めずら》しく顔をくしゃりとさせて笑った。

学校は同じとはいえ、今もまだ入院している皐月くんといつ会えるのかはわからない。

それでも私は、彼が捜《さが》してくれるまで待っている。

ほろ苦く深みのある芳香《ほうこう》が漂い、なにかを注《そそ》ぐ音が聞こえてきた。カウンターの方へと視線を向けると、マスターがにっこりと微笑む。

「さあ、ショーコちゃん、皐月くん。僕からはこれをプレゼントするよ」

「え……」

置かれたのは二つの珈琲《コーヒー》カップ。濃褐色《のうかっしょく》の液体《えきたい》が温かな湯気を放っている。

「僕から二人へ、最後の贈《おく》りものだよ」

マスターが淹《い》れてくれる珈琲を飲めるのは今日で最後だ。私と皐月くんは並《なら》んでカウンターの席に座《すわ》り、珈琲カップに手を伸《の》ばす。

いつも通りにミルクを垂《た》らすと、真っ白な液体が滲むように珈琲と混《ま》ざり合《あ》っていった。口に含めば、舌先《したさき》から優しい苦みが広がっていく。

私の大好きな味だ。

「マスターの珈琲は、やっぱり美味しいな」

皐月くんがぽつりと零《こぼ》すと、ラムさんが残念そうに頬杖《ほおづえ》をつく。

「皐月たちが成人してたら、一緒《いっしょ》に酒が呑めたのになぁ」

「ラムちゃんは少しお酒控《ひか》えた方がいいわよ。酔《よ》ってグラス落としそうになるんだから」

「あ、黒さんは成人してるんだし、一度くらい付き合ってよ！」

呆《あき》れる黒さんの前にラムさんがお酒を置こうとして、マスターに苦笑《くしょう》されている。そんな三人を見ていた皐月くんがため息を漏《も》らした。

「俺、大人になったらラムさんみたいに酒癖《さけぐせ》悪くならないように気をつけよ」

「あたしは楽しく酒を飲んでるだけだっての！」

「もう、二人ともこんなときに喧嘩《けんか》しないの」

ラムさんと皐月くんが口喧嘩《くちげんか》を始めて、黒さんが宥《なだ》める。そして私とマスターがそんなみんなを眺《なが》めて笑い合う。

別れなんてまったく感じないくらいいつも通りの光景に見える。この空間が大好きだ。愛おしくてたまらない。喫茶店の中を見回して、一人ひとりの姿を心に刻《きざ》み込《こ》む。

掛《か》け時計《どけい》からぽろぽろと木琴《もっきん》の音が聞こえ始めた。時が来た合図だ。

まだここにいたい。ここから出てしまえば、ラムさんや黒さん、マスターと会えなくなってしまう。みんながいて、珈琲の香《かお》りが漂う、温かなこの空間に浸《ひた》っていたい。

「行きな」

後《うし》ろ髪《がみ》を引かれる私の心情《しんじょう》を察したように、ラムさんが私の肩に軽く触れた。

「でも……」

「これは悲しい別れじゃないよ。だってショーコも皐月も、生きる選択ができたんだから」

そうだ。私は生きることを選んだのだ。本当なら今だってここにたどり着《つ》けなかったはずなのに、最後の時間をもらえた。ワガママを言っていい時間はおしまい。私はこの胸にこみ上げる想いを、ちゃんと伝えないといけない。

「ごちそうさま！」

珈琲を飲《の》み干《ほ》して、立ち上がる。最後に歯を見せて笑うと、みんなは少し寂しそうに微笑み返してくれた。

「出会えてよかった」

お願い、涙。今だけは止まって。

「みんなのことが大好き」

この光景を目に焼きつけたい。ここでの日々もみんなのことも絶対に忘れたくない――。

突如《とつじょ》、光が喫茶店に差し込んで眩《まぶ》しさに顔を顰める。ラムさんと黒さん、マスターのことが見えなくなっていく。ああ……〝お別れ〟だ――。

顔は見えないのに不思議と笑いかけてくれている気がする。光に包まれてしまって、みんなが傍にいるのかどうかすらわからない。それでも思い切り息を吸《す》い込《こ》んで、大きな声を上げる。

「私に希望をくれて、支えてくれてありがとう!」

最後の私の声は届《とど》いただろうか。

この喫茶店にたどり着いて、窒《ちっ》息《そく》してしまいそうなくらい苦しかった日常が変化した。人と向き合うことを恐《おそ》れていた私にとって、温かな優しさで溺《おぼ》れさせてくれる癒《いや》しの空間だった。

「またな。ショーコ」

隣《となり》から聞こえてきた声に目を見開く。初めて言われた〝またな〟という挨《あい》拶《さつ》に少しくすぐったくなる。

「またね。皐月くん」

名《な》残《ご》惜《り》《お》しく思いながらも手を振る。光が強くなり、隣にいた皐月くんの姿が見えなくなってしまった。

寂しさは残るけれど、ラムさんが言っていた通り、これは悲しいお別れではない。前を向いて、一歩踏み出すためのお別れだ。

ラムさん、黒さん、マスター、ありがとう。皐月くん、私待っているね。また会えるって信じてる。静かに目を瞑《つぶ》り、溜まった涙を流していく。

坂の上にある名前のない喫茶店。もう二度と行くことはできないけれど、絶対に忘れない。出会えてよかった。

みんなのことを想って微笑むと、遠くで乾いたベルの音が鳴った気がした。


ふと気づけば、喫茶店は消えていて道ができている。眩しいくらいの夕日に目を細めながら顔を上げると、茜色《あかねいろ》の空が頭上に広がっていた。

時計を見なくてもわかる。いつもと同じ帰る時間だ。涙を拭い、口角をぐっと上げて笑顔をつくりながら坂道を下る。

明日から秋祭りなので、坂の下に真っ赤な提灯《ちょうちん》が連なっているのが見えた。

私が秋祭りの話をしたとき、ラムさんが一瞬硬直《こうちょく》したのも、黒さんが俯《うつむ》いていたのも、私がもうあそこにたどり着けなくなることに気づいていたからなんだ。

茜色の空がだんだん滲んで歪んでいく。自分の心は偽れないみたいだ。悲しいお別れじゃないのはわかっているけれど、やっぱり寂しくて涙が止まらない。

それくらいみんなのことが大切になっていた。

最後に飲んだほろ苦く優しい珈琲の味が口の中に残っている。

緩《ゆる》やかに吹く秋の風は私の涙を攫《さら》い、切なく胸を締《し》めつけた。

◆

家に着いても涙が枯《か》れることはなくて、何度拭っても溢《あふ》れ出《で》てきてしまう。早く止まってくれないとお母さんに見られてしまう。

そんなことを考えていたら、リビングの方から声が聞こえてきた。

「祥子、おかえり」

私が帰ってきたことに気づいたお母さんが玄関《げんかん》までやってくると、慌《あわ》てて顔を覗《のぞ》き込《こ》んでくる。

「どうしたの？　なにかあったの？」

さすがにこの状況で隠《かく》し通すことはできず、結局気づかれてしまった。

先日のいじめの件もあるので、これで変に誤魔化《ごまか》すと余計《よけい》に心配をかけてしまいそうで、どう説明したらいいものかと言葉に詰《つ》まる。

「祥子？」

私を心配する優しい声に気が緩んで、再び視界《しかい》が滲んでいく。

「……大事な人たちと、お別れをしてきたの」

喫茶店での不思議な出来事については触れず、私を支えてくれていた大事な人たちとの別れがあり、もう会うことができなくなったと話した。

お母さんは深くは聞かず、ただ相槌《あいづち》を打って話を聞いてくれていた。そして私の頭を撫《な》でると、そっと引《ひ》き寄《よ》せて抱きしめてくれる。

「素敵《すてき》な人たちと出会えたのね」

「うん、本当に素敵な人たちなんだよ」

泣きすぎて鼻声になってしまい、瞼《まぶた》も重たい。それでも涙は止まってくれない。

胸が締《し》めつけられるように苦しくて、お母さんの胸に縋りつき、私は小さな子どものように声を上げて泣いた。

温かくて寂しい別れをしたこの日のことを、あの喫茶店で出会えた素敵な人たちのことを、私はこの先も何度だって鮮明に思い出すはずだ。

目を閉《と》じればダークブラウンの扉。ドアノブを捻《ひね》り、乾いたベルの音が鳴った先には大好きな人たちの姿。
『入んないの』
素っ気《そけ》ないけれど、本当は優しい皐月くん。
『ショーコ、いらっしゃーい！』
明るくてお酒が好きなラムさん。
『ラムちゃん、グラス持ち上げないの！　零れるでしょう』
お姉さんのような存在で、歌が上手《じょうず》な黒さん。
『珈琲、どうぞ』
私たちを見守ってくれているマスター。
さよなら、大好きな私の日々。
さよなら、みんな。
この先もずっと、忘れないよ。

エピローグ

最近の私《わたし》の朝は慌《あわ》ただしい。冬休みに入っても、毎朝早起きをしてキッチンに立っている。

昨晩《さくばん》の残りと朝作った卵焼《たまごや》きとウインナーをお弁当箱《べんとうばこ》に詰めていく。最後にプチトマトを入れて完成だ。時計を見るとお父さんが家を出る五分前で、間に合ったことに胸《むね》を撫《な》で下ろす。

「お父さん！　お弁当ここに置いておくよ。忘《わす》れないようにね」

「いつもありがとう」

今では私が自分の分とお父さんの分のお弁当を作っている。

お母さんは生まれてきた妹の日菜乃《ひなの》のお世話で疲《つか》れているため、少しぐらい助けになりたかった。そうして私なりにできることを考えてお弁当係をするようになったのだ。

私は料理の楽しさに再《ふたた》び目覚めて、意欲的《いよくてき》に取り組んでいる。お父さんが健康診断《しんだん》に引っかかったらしいので、身体《からだ》に優《やさ》しい健康レシピ本を購入《こうにゅう》して勉強しているところだ。

「祥子《しょうこ》、お母さんが片付《かたづ》けやるわよ？」

ひょっこりと顔を覗かせたお母さんの目の下にはうっすらと隈《くま》ができている。またあまり眠《ねむ》れていないみたいだ。

「いいから。お母さんは少し休んでて、というか寝《ね》てて！」

「大丈夫《だいじょうぶ》よー、日菜乃も今は寝てるし」

「それなら尚更《なおさら》休んでて！」

あの頃《ころ》に比《くら》べたら家での会話も多くなった。それは沙羅《さら》ちゃんや家族、そしてあの喫茶《きっさ》店《てん》のみんなのおかげ。

あの喫茶店の秘密《ひみつ》は、誰《だれ》にもしていない。きっと話しても信じてもらえないだろう。それにみんなとの日々は私にとって宝物《たからもの》で、今はまだ大事に心の中にしまっておきたいのだ。

洗《あら》い物《もの》をしながら、ふとテレビに視線《しせん》を向ける。スポーツの話題でサッカーが取り上げられていた。

……皐月《さつき》くんは元気だろうか。

喫茶店でお別れしたきり、彼《かれ》とは一度も会っていない。

沙羅ちゃんが教えてくれた情報《じょうほう》によると、皐月くんが目覚めたと部活の先輩《せんぱい》たちが話していたそうだ。けれど十二月に入っても皐月くんが学校に戻《もど》ってくることはなく、とうとう冬休みを迎《むか》えてしまった。

私とは違《ちが》って意識《いしき》だけが喫茶店に来ていた彼は、入院していた自分の身体に戻り、少しずつ日常《にちじょう》を取《と》り戻《もど》し始めているところなのかもしれない。

夢《ゆめ》と目標を失って苦しんでいた皐月くんは、現実《げんじつ》を受け止めて、他の夢を見つけるために生きる道を選んだのだ。

本当はすぐにでも会いに行きたいけれど、焦《あせ》る気持ちを抑《おさ》え込《こ》んで、私は皐月くんがくれた言葉を信じて待つことにした。そして、そのことが今の私にとっての支《ささ》えのひとつになっている。


朝食の片付けを済《す》ますと、おぼんに飲み物を三つ載せて自分の部屋の窓際《まどぎわ》まで運んだ。

こっそりと拝借《はいしゃく》したお父さんのラム酒と温かい珈琲《コーヒー》、そしてオレンジジュース。私の大好きな人たちを思い出す飲み物だ。

何度もみんなと過《す》ごした時間を思い出すことはあったけれど、こんな風に飲み物を用意して思い返すのは今日が初めてだった。

きっと今朝、みんなの夢を見て寂《さび》しくなってしまったからだ。

冬の日差しが静かに室内に差し込《さこ》む。みんなと出会ったのは、じりじりと肌《はだ》を刺《さ》すような暑い日だった。

時は少しずつ流れている。最近は毎日が楽しいけれど、いつかまた消えたいと思うことはあるのだろうか。ラムさんたちみたいに素敵《すてき》な大人になっても、思いつめるくらい辛《つら》いことがあったように、私にも想像《そうぞう》ができないくらい辛いことが起こるかもしれない。

けれど、そのときはみんなからもらったたくさんの言葉を、あの温かな時間を思い出そう。

立ち上がって、本棚《ほんだな》からレシピ本を引《ひ》っ張《ぱ》り出《だ》す。目的のページを開いて、気合いを入れるように腕《うで》まくりをした。

「よし！」

あの日渡《わた》し忘れてしまったクッキーを作ろう。行っても会えないのはわかっているけれど、それでもどうしても、あの場所に行ってみたくなった。

◆

その日の午後、トートバッグにラッピングしたクッキーを入れて、坂道を登っていく。

透《す》き通《とお》るような淡《あわ》い青色の冬空の下、私は肺《はい》いっぱいに空気を吸《す》った。初めて喫茶店にたどり着いたときと違って、もう息苦しくはない。

坂を登りながら見える景色は、最初に訪《おとず》れたときとほとんど変わらなかった。私の中で大きな違いは、一本しかなかった道が二股《ふたまた》に分かれていて、あの喫茶店が消えていることだ。

私はもうあの喫茶店には入れない。

みんなと会うことはできないのだと実感する。

ラムさんたちは辛い過去《かこ》があって、生きることから逃《に》げてしまった人たち。

それでもあの人たちは亡《な》くなったあとも、ずっと過去や自分の気持ちと葛藤《かっとう》し続けていた。

だからなのか、消えたいと願っていた私を放っておくこともできたはずなのに、あの人たちは励《はげ》まし続けて、支えてくれた。私の居場所《いばしょ》をつくってくれた。

もしかしたら、彼らは私や皐月くんのように、死にたいと悩《なや》んでいる人たちの心を救うためにあの喫茶店にいるのかもしれない。

何度目を凝《こ》らしてもやっぱり喫茶店の姿《すがた》はなかった。建物があった痕跡《こんせき》すらない。

私は渡せなかったクッキーをカバンから取り出し、近くの電柱の傍に置いて両手を合わせる。

あのね、私、友達が増《ふ》えたんだよ。昼休みもみんなでご飯を食べるし、笑うことが多くなったんだ。お父さんとお母さんとも話すようになって、今では私がお弁当を作ってるんだよ。料理の腕も上がったよ。

みんなと会えたから、今の私があるの。消えちゃいたいくらい辛くて、未来に希望なんて持てなかった私の背中《せなか》を押《お》してくれたのは、喫茶店のみんななんだよ。あの日、坂を登ってよかった。

ラムさん、お酒ばっかり飲んで黒さんを困《こま》らせちゃダメだよ。ラムさんに教えてもらった、人の内側に触《ふ》れる勇気を大事にしていくね。

黒さん、優しい歌をありがとう。あの歌は私の心の中で、ずっと生き続けているよ。

マスター、あの頃の私にとってマスターが淹《い》れてくれた珈琲が支えになっていたよ。消えたくない理由をくれてありがとう。

皐月くん、ぶっきらぼうな優しさは、あの頃の私が自分を捨《す》てる道を選ばないか心配してくれていたんだなって、喫茶店の真実を知った今ならわかるよ。……また会えるよね。

私、皐月くんがくれた言葉を信じて待ってるね。

心の中で、話したい言葉が溢《あふ》れていく。喫茶店のみんなに届《とど》くことはないだろう。それでもここに来て伝えたかった。

やっぱり今でもみんなに会いたい。

……会いたくてたまらない。

だけど前を向いて、もう行かなくちゃ。そうして足を一歩踏《ふ》み出《だ》そうとしたときだった。

──カラン。

乾《かわ》いたベルの音が聞こえた。

喫茶店があった場所を見回すと、いつのまにか電柱の下に置いていたクッキーの袋《ふくろ》がなくなっている。突然《とつぜん》のことに目を疑《うたが》った。けれど、もしかしたらあの人たちに届いたのかもしれない。そう思わずにはいられなかった。

「ショーコ」

名前を呼《よ》ばれて心臓《しんぞう》が大きく跳《は》ねる。期待に胸を高鳴らせて、私は微《かす》かに震《ふる》える唇《くちびる》で息を吐《は》いた。

この声を知っている。ずっと聞きたかった声だ。

ゆっくりと振《ふ》り返《かえ》り、後ろに立っている人物を確認《かくにん》する。黒髪《くろかみ》に少し日に焼けた肌、そして、透き通るように綺麗《きれい》でまっすぐな瞳《ひとみ》。

彼が目の前にいる。

「……っ」

目頭《めがしら》が熱くなり、視界《しかい》が滲《にじ》んでいく。一度流してしまえば、涙《なみだ》がとめどなく溢れてきてしまう。笑顔《えがお》で再会《さいかい》したかったのに、すぐに止めることは難《むずか》しそうだ。

彼が私の頬《ほお》に伝う涙を仕方なさそうに服の袖《そで》で拭《ぬぐ》ってくれる。少しぎこちなく不器用な彼なりの優しさに、私は嬉《うれ》しくて口元を緩《ゆる》める。


——会いたかった。


ほぼ同時に言葉が紡《つむ》がれた。私たちは顔を見合わせて笑《え》みを零す。

遠くで乾いたベルの音が、風に乗って聞こえた気がした。

完

青《あお》くて、溺《おぼ》れる

2020年8月26日　初版発行

著者　丸井《まるい》とまと
発行者　青柳昌行
発行　株式会社 KADOKAWA
〒102-8177　東京都千代田区富士見2-13-3
電話／0570-002-301（ナビダイヤル）
印刷・製本　凸版印刷株式会社

●お問い合わせ
https://www.kadokawa.co.jp/
（「お問い合わせ」へお進みください）

※内容によっては、お答えできない場合があります。
※サポートによっては日本国内のみとさせていただきます。
※Japanese text only

本書は、魔法のiらんどに掲載された「名前のない喫茶店」を加筆修正したものです。
ISBN978-4-04-736090-7　C0093